木佐貫の唇が直人の首筋を這い、左右の鎖骨を順に舐める。片手は腰にまわされ、もう片手はつんと尖った乳首を弄う。

センセイと秘書《ひしょ》。

深沢梨絵《ふかざわりえ》

ILLUSTRATION：香咲《こうさき》

センセイと秘書。

LYNX ROMANCE

CONTENTS

007　センセイと秘書。

163　秘書とセンセイ。

237　オーダーメイドの約束

256　あとがき

センセイと秘書。

クラシカルな赤絨毯《あかじゅうたん》がどこまでも続く国会議事堂の長廊下を、山本直人《やまもとなおと》は背筋に冷や汗が伝う心地で急いでいた。

ヤバい。マズい。遅刻するっ。

この三月に行われた解散総選挙を経て召集された、特別国会の第一日目。そしてまもなく始まる初回の本会議では、慣例どおり、総理大臣の指名選挙が行われることになっている。

その大切な議会に、初めて議席に座る一年生議員が遅刻で駆け込み——だなんて体たらくはあり得ない。ましてや直人の所属政党は、このたび二期ぶりに政権に返り咲いた民友党《みんゆうとう》なのだ。遅刻のあげく、指名選挙で党総裁に票を投じ損ねる事態にでもなれば、党議拘束に則《のっと》り除名処分がオチじゃないか。

日中、陽光を浴びると外壁の花崗岩《かこうがん》が淡いピンクに輝くアルカイックな外観は、さすがに壮麗《そうれい》と評してしかるべき議事堂だ。が、一歩なかに入ると古色蒼然《こしょくそうぜん》たる趣《おもむき》が否めない。なにせ戦前、かの二・二六事件が起きた年に竣工《しゅんこう》したという、四分の三世紀モノの建物である。テレビのニュース映像などではそれなりに絢爛豪華《けんらんごうか》に見えたりもするが、実際のところ、木材や織物《おりもの》をふんだんに使った内装のそこかしこは、やっぱり古い。

直人もかつて小学生だったころ、夏休みの自由研究課題のために、当時、やはり衆議院に議席のあった父に連れられ国会見学に訪れた。そのとき受けた印象は、どこかのテーマパークにでもありそうな外国風のお化け屋敷。その印象はいまも変わらず、こんなふうに人気《ひとけ》もなく妙に小暗い廊下など、フウッと軍装の亡霊が漂い出てきそうな雰囲気だ。

ってか、廊下に人気がないのはなんでだよ?!

特別国会開始の定刻まで、あと七、八分。直人自身を除くと四百七十九名いるはずの議員たちは、みんなもう議場に入り、それぞれの席に収まっているということか?

いや。としても本会議を控えた議場の周囲に議員秘書や各省庁の官僚《かんりょう》たち、衛視《えいし》やその他の関係者が全然見当たらないのは、さすがにおかしい。

そう、おかしい——と、働かない頭で直人は考える。

さかのぼること三十分前、道路を一本挟んで議事堂の差し向かいに建つ衆議院議員会館の事務所から出かけてきた。予定では、十五分前には議場の自席に悠々収まっているはずだった。議事堂と議員会館とは地下通路で直結していて、迷いようもない道程《どうてい》だ。

が、議事堂のなかに入ってから、衆議院の本会議場を目指したはずが、なぜか途中でルートを外れ目的とはまったくちがう場所に至ってしまったのだとしたら。そう——おそらくここは、堂内南翼《みなみよく》の衆議院ではなく北翼《きたよく》の側、現在は閉会中の参議院であるにちがいない。

瞬時、直人は目の前が暗くなる心地で歩みを止めた。

衆・参両院と中央棟とを合わせた議事堂の建物面積は、延べにして五万平方メートル超。ピラミッド型の塔屋を戴《いただ》く中央棟を挟んで、衆議院と参議院とはちょうど対称の位置関係にある。ここからの最短ルートもわからないまま衆議院の本会議場にたどり着くには、いったい何分かかるのか？

ああ、もう。こんなハメになるぐらいなら、やっぱり政策秘書につき添ってもらってくればよかったのだ。とはいえ初登院のこの日は、秘書だって挨拶《あいさつ》まわりに取材の采配《さいはい》に、と多忙を極めていた。だいいち、まさか議事堂内で迷子になるなんてマヌケな事態を想定してもいなかった。

議会中、使用禁止のスマホは携帯不要だろう。そう考えて議員事務所に置いてきたのも失敗だった。いま、この場からSOSを発信する手段のひとつもない。

あまりのピンチに心臓がバクバク高鳴り出して、働かない頭から血が逆流し、ほとんど酸欠状態に陥《おち》りそうになった、そのとき。

「――直人先生！」

突然、背後から呼びかけられた。

声のほうを、とっさに振り返る。角を曲がって廊下の行き当たりに現れたのは、いまのいま、直人が助けを求めて思い浮かべていた見知った姿だ。

「木佐貫《きさぬき》さん！」

烏《からす》の濡《ぬ》れ羽《ば》色とでも喩《たと》えたい黒髪を七三分けに整えて、眼鏡《めがね》はごくシンプルなシルバーフレーム。ダークカラーのシングルスーツに、ネクタイの色柄も地味この上ない。

百八十センチを超える長身だけはちょっと人目を惹《ひ》いてしまうかもしれないが、それ以外はまさに永田町《ながたちょう》の黒衣《くろご》の呼称にふさわしいようすのこの男が、直人づきの政策秘書である木佐貫亮《りょう》だ。

とたん、全身から力が抜ける。彼のほうへと駆け寄りながら、ふえぇ～ん、と情けない泣き声を洩《も》らしてその胸に飛びつきたい気分だ。

「ごめん、木佐貫さん。俺、迷っちゃったみたいで」

「こんな場所にいらっしゃるのを見ればわかります。それより、急いでください。こちらです」

大きな右手で、やおら手首をつかまれた。その口調が険《けわ》しいのは、やはり時間が逼迫《ひっぱく》しているせいだろう。そのまま、いま彼がやってきた方向へと歩き出す。

長身の木佐貫がかなり大股で進むのに、身長差のある直人はほぼ小走りの状態だ。

「けど木佐貫さん、なんで俺が迷子になってるってわかったの？」

「さきほど、ＪＡテレビのディレクターから連絡があったんです。直人先生がまだ本会議場に現れていないが大丈夫か、とね。先生が事務所を出られた時間からしてそんなはずはなかったので、念のため、探しに来てみたら――」

今回の選挙戦中――いや、正確には父の葬儀のときから始まったまだ短いつき合いながら、この有能な秘書は、すでに直人の頼りなさ、足元のおぼつかなさをしっかり把握《はあく》しているようだ。

在京キー局の一社、ＪＡテレビは、直人にとっては元の勤め先でもある。そんなつながりもあって、選挙戦中から直人の動向をこまめに追い続けてくれている。初登院の今日などは、報道とバラエティーの二班から撮影クルーをまわしてきているほどだ。

しかるに、初の本会議場入りの大事なシーンを撮影しようと待ちかまえているのに、当の議員がなかなか姿を現さない。業《ごう》を煮やしたディレクターが秘書に問い合わせ、察しのいい木佐貫は、直人ならしでかしかねないトホホなトラブルを懸念《けねん》した。

で、慌《あわ》てて探しに来てみれば、案の定、参議院側に迷い込んでひとり半べそをかいている「うちのセンセイ」を発見した——というわけか。

「ほんとにごめん。けど、来てもらえて助かったよ。議事堂のなかって、なんか迷路みたいにわかりにくくって」

「なにせ戦前の建物ですからね。内部の構造も案内表示のしかたも、たしかにあまり親切にできてはいませんが」

「だよね。いまだって、議員会館からの行きがけに、地下通路で石永《いしなが》先生と行き会ったんだ。で、本会議場に向かう途中まではいっしょに歩いてたんだから、ハナからルート外れてたってわけはないんだけど」

「——石永議員？」

一瞬、こちらに振り向けられた木佐貫の眼鏡のレンズが癇性《かんしょう》に光る。

直人がその名を持ち出した石永というのは、同じ民友党に所属する若手議員である。山口《やまぐち》2区から出馬して今期で当選二回目、かつ直人と同じく二世議員——いや、彼の場合はたしか四世ぐらいになる政治家一族の出身者だ。

「彼とはどこまでご一緒だったんですか？」

「え？　うん。議事堂のなかに入って、階段上がって。たぶん、あのへんでもう本会議場のそばだったと思うけど。でもそこで、石永先生はお手洗いに寄ってくって言うから——」

洗面所を目指す石永自身の行く手とはべつの方向を笑って示され、たしかにそちらに歩き出した。だからまさか、迷うはずなどなかったのだが……。

「——つまり、貴方は石永議員からあえて誤ったルートを示されて、そうとも気づかずうかうか参議院まで迷い込んでこられたわけですね」

「へ？」

嘆息をすり混ぜるようにして投げ返されたその弁に、直人はきょとんと瞬きした。

「それってつまり、石永先生がわざとオレに意地悪したってこと？　けどオレ、あの先生から恨まれるような覚えはなにもないんだけど……」

「では同じ若手の二世議員同士、なかよしこよしで先方からも親しみを抱いていただけている——とでも？　いいですか、ご自分の立場と先方のお立場を並べてお考えになってみてください」

先を急いで足を動かし続けながら、木佐貫が説く。

「石永議員は、先の選挙の三十歳で当選されて、これまでは党内の若手でもホープ級と目されてきた方です。ところが今回の選挙では、彼の初当選時より二歳若く、マスコミからも注目を集めて大量得票で当選を果たした貴方が登場した。つまり貴方は、若手二世のホープという石永議員のポジションを脅《おびや》かす目障りな存在だということです。だからこそ、彼はたまたま本会議場への行きがけに一緒になられたのをさいわいと、貴方に失点を取らせるためのトラップを弄《ろう》されたのではありませんか？」

「………」

石永議員の行動に対する木佐貫の分析は、直人からするとずいぶんうがった、ひとの悪い見方な気がしなくもなかった。だいいち、仮に石永の側に直人に対してそうした穏やかならない感情があったとしても、議事堂のなかでわざとまちがった道案内をするだなんて、そんな子どもじみた意地悪をはたらくものだろうか？

が、なんにしても、直人が行くべきルートを外れて遠く参議院側まで迷い至ってしまっていたことは事実だ。それを察しよく探しに来てくれた相手の意見に、ここで異を唱えるのはむずかしい。

ともあれ不案内かつ不注意にもちがいない新参者《しんざんもの》の直人とはちがって、木佐貫のほうは、議事堂内の経路や位置関係にもしっかり通じていた。

まるで巨大迷路のように思えた廊下を迷うことなく通り抜け、やはり赤絨毯敷きの階段を上り、下り、中央棟のフロアをまたぎ越える。そして衆議院翼へ至ると、ほどなく二階の本会議場前の廊下にたどり着いていた。

廊下はやはり諸般の関係者がひしめき合った状態で、人混みをかき分けるようにして議場へと急ぐ。入り口の扉がまだ開放されているところから、間一髪、開会に間に合ったらしいことがわかる。

「あ、山本先生！」

直人の姿を目敏《めざと》く認め、呼びかけてきたのはＪＡテレビのディレクターだ。国会取材仕様でスーツ姿の彼のうしろから、こちらはカメラマンベストの肩にハンディカメラを背負った撮影クルーがついてくる。

反射的に営業スマイルを浮かべた直人のかたわらから、木佐貫が素早くガードに入った。

「すみません。時間が厳しいので議員のコメント撮りは閉会後にお願いします」

この状況から、ディレクターもさすがに「了解です」と返してくる。

「では、行ってらっしゃい」

「うん、行ってきます」

結局、ここまでつき添ってくれる形になった木佐貫と、なんだかアットホームなそんな挨拶を交《か》わした。そうして入場の際の身分証代わりになる議員バッジがスーツの襟先《えりさき》にあるのを確かめながら、直人はいよいよ本会議場へと足を向けた。

スーツの襟先に留まったバッジを衛視に示し、敬礼を受けながら入り口を通過する。

金メッキの菊の花弁を赤紫のモールが取り囲むデザインのこのバッジも、けさ八時過ぎ、初登院のさいに、議事堂内の中央広間でつけてもらったものだ。

すでに定刻ぎりぎりなだけに、正面中央の議長席を半円状に取り囲む四百八十の議席は、その座を占める議員たちでほぼ埋まっていた。国会の議席は当選回数の少ない議員から前列を振り当てられることになっていて、直人の議席ははるか前方、最前列の、ちょうど議長席の真正面に当たる場所だ。


山本直人衆議院議員、どうにかこうにか国会デビューの瞬間である。

1

政治家の子どもが、政治家になる。改めて永田町界隈《かいわい》を見渡すまでもなく、そうしたケースは世にいくらでも転がっている。一方で、政治家の子どもが必ずしも政治家にはならないケースだって、決して少なくないものだ。

直人の場合、もとの予定では後者の立場に収まるはずだった。

それが急転直下、こうして衆議院に議席を占めるに至ったきっかけは、つい二か月前、父親の山木健人《けんと》が急逝《きゅうせい》したことである。

健人は三十代での初当選以来、衆議院で五期を務めたベテラン議員だった。民友党のなかでは、党三役の一翼《いちよく》を担《にな》う政調会長の座を任せられてもいた。こんどの選挙で党が政権に返り咲けば、大臣の椅子《いす》のひとつやふたつはまちがいなし——と目されてもいたそうだ。

その健人が、前期国会の解散を受けて総選挙が決まり、党の公認候補の調整や選挙公約の制定などで東奔西走《とうほんせいそう》していたさなかに、突然、倒れた。

担《かつ》ぎ込まれた病院での診断は、心筋梗塞《こうそく》。もともと休み知らずの仕事人間だっただけに、たぶん、いろいろ無理が溜《た》まっていたのだろう。手を尽くす——というほどの治療を施《ほどこ》す余裕もなく、彼はそのまま、五十七歳の若さで帰らぬひとになってしまった。

家族レベルのショックや悲嘆はさておいて、慌てふためいたのは民友党の首脳陣だ。なにせ前政権の支持率ダダ下がりを受けての解散総選挙、民友党にとっては政権奪還の大チャンスである。その折も折、選挙公約も固まらないまま政調会長が斃《たお》れ、同時に議席キープは確実とされていた長野《ながの》4区の有力候補者が消えてしまった。公約についてはその場しのぎで捏造《ねつぞう》するにしても、長野で対立候補に議席を奪われないための新たな候補者選びは火急のミッションにちがいなかった。

そこで党が目をつけたのが、健人のひとり息子である直人の存在だったのだ。

新卒後、ＪＡテレビに就職して五年目を迎えようとしていた直人には、政治や行政に関わるキャリアはまったくなかった。大学での専攻も、政治のセの字もかすらない文学部。局での所属も、政治でも社会でもなく広報室の連ドラ担当。

そんな直人を党側はなかば強引に口説き倒し、健人の後継候補として担ぎ出した。直人の出馬が確定したのは、公示日のわずか四日前。もちろん、事前の選挙準備はまったくゼロの状態だった。

が、もともと健人の地盤が固かった選挙区で、しかもその急逝の報が伝えられたばかりの弔《とむら》い選挙である。直人の容姿がそれなりにキャッチーだったことも手伝って、かなりメロドラマふうに粉飾《ふんしょく》された「山本議員の〝殉職《じゅんしょく》〟とイケメン息子決意の出馬」というネタは、連日、ワイドショーや女性週刊誌の格好《かっこう》のネタにされ続けた。一方で、ネット上などではタナボタ式の世襲《せしゅう》出馬への批判も紛々とされたが、それもまた直人の知名度アップに貢献する追い風になったようだ。

ふたを開けてみれば、過去の選挙での健人の最高得票数を二万票近く上回り、対立候補には四万票もの差をつける圧勝で、今期の全国最年少当選を果たす結果が出たのである。

「――さて、先ほど総理大臣指名選挙が行われた初めての本会議を終えて、山本直人議員も議員会館の事務所に戻ってきているようすです。さっそく、お部屋のほうにお邪魔してみましょう！」

ワンピースの袖にJAテレビの取材章をつけた女性キャスターが、カメラ目線でドアを押し開けながら室内に入ってくる。

「わっ。シンプルだけど、なかなかすてきなオフィスですね！」

ややオーバーアクション気味に、キャスターが感嘆《かんたん》してみせる。クルーの肩に担がれたカメラが、部屋の内装や備品のたぐい、当選祝いの胡蝶蘭《こちょうらん》の鉢や、壁に貼られたポスターなどをぐるりと舐《な》めていく。

「まず、こちらが秘書さんや事務員の方のオフィスですね。となりには、会議用のブースが設《もう》けられています。そしていちばん奥に、議員専用の執務スペースが――」

と、カメラはパネルで仕切られた奥のスペースへと進み、窓を背にした執務机の前でノートパソコンに向かう議員の姿を捕らえる。

「あっ、いました、いました。山本議員です。やっぱりイケメンです、笑顔がスイートです！」

台本どおりの煽《あお》り文句を受けて、直人はそこで、初めて気づいたようにパソコンのモニタから目を上げた。

この瞬間、カメラクルーはズーム機能を操作して、直人の〝甘いマスク〟をアップにしているところだろう。直人もそれを意識しながら、口元をほころばせて粒の揃《そろ》った白い歯をのぞかせる。

「山本議員。改めまして、初登院おめでとうございます。今日は初めて国会の議席にお座りになられたわけですが、ご感想はいかがですか？」

デスク越しに、やはり台本どおりの質問が投げかけられる。

「そうですね。議場に入って、自分の名札がある席について、改めて身の引き締まる思いでした」

「今日の本会議では、総理の指名選挙がありましたよね？」

「はい。やっぱり一国の首班を指名する直接の一票を投じるっていうのは、なんかもう、すごい重みで。投票のとき、例の堂々巡りってのも初めて経験したわけですけど、足、ガクガクでしたよ」

「ええっ？　モニタで中継を拝見してましたけど、全然、そんなふうには思えませんでしたよ」

「いやいや、ほんとに。それと国会の議席って、当選回数の少ない議員から前のほうに座ることになってるんですよ。僕ら一年生議員は、だから最前列です。こりゃまちがっても居眠りなんかできないぞ、みたいな」

ときどき軽い笑いも挟みながら、テンポよく進められていくやり取り。

先ほどの本会議終了後、そのまま議場の廊下で撮影してきたのは、報道番組向けのきっちりお堅い短いコメントだった。対して議員会館に戻ってきてのこんどの撮影は、同じくＪＡテレビの週末のバラエティー番組で放映される予定のものだ。キャスターも、直人のほうも、トークはぐっとくだけたノリを意識している。

とはいえ『じつは議事堂内で迷子になっちゃったんだけど、なんとか遅刻ギリギリで本会議に駆《か》け込めました』なんていうエピソードは、さすがにカメラの前ではぶっちゃけられない。

「ところでこちらの事務所――衆議院第二議員会館の９０７号室は、議員にとって特にご縁のある場所なんだそうですね」

「あ、はい。亡くなった父の健人が前の解散まで使わせていただいていたのが、この同じ９０７号室だったんです。それを、息子の僕が引き継ぐ形で割り当ててくださって」

キャスター嬢から振られた話に応じて、直人は長いまつげをしんみりと伏せる。これはさすがに、ここまでのようにカメラを意識した演技ばかりではない表情だ。

健人の生前、直人はじつは、この部屋に足を踏み入れたことがいちどもなかった。小学生のころ、国会見学のついでに訪れたのは、まだ建て替え前の古い議員会館だった。

だから、この場で仕事をしていた父の姿は想像でしか浮かばなかったが、こうして同じ椅子に自分が座ることへの感慨《かんがい》めいたものはたしかにあった。父としては、すくなくともこんなに早く、直人がこの椅子に座る状況がやってくるなど思いもよらなかっただろうが。

「議員は政策に関しても、やっぱりお父様のご遺志《いし》を継がれる気がまえでいらっしゃるそうですね」

「はい。特に近年、父が強い関心を寄せていた貧困問題、ことに『子どもの貧困』の救済策については、僕も全力で取り組んでいきたいと考えています」

「なるほど」

「父はもともと、議員の世襲が横行する政界の現状には、むしろ批判的でした。僕に対しても、議員をめざせと命じるようなことはまったくなかったんです。僕自身も、もとの勤め先での仕事が面白くなってきたところで、政界に打って出ようなんて気持ちはさらさらありませんでしたし。それでも、こんなふうに父が急に亡くなってみると、父の遺志を継げる人間はほかにいないんだよな——と考えを改めて」

「そうでしたか。今日の初登院の晴れ舞台は、お父様も、きっと草葉《くさば》の陰《かげ》から見守っていらしたんでしょうね」

「父の目から見たら、僕なんて、まだまだ頼りないヒヨッコだろうと思います。それでも代議士として、人間として、いつかは父に追いつき、追い越せるように、一歩一歩がんばっていきたいです」

ふたたび、白い歯をのぞかせる〝スイートな笑顔〟を決めて、直人はいかにもソツなく話をまとめた。この内容ならたぶん、お目付け役の秘書からも、まあダメ出しはされないはずだ——と思う。

と、そこでカメラマンが録画ボタンを停《と》めてカメラを下ろし、ついでキャスター嬢からも「お疲れさまでした！」と声がかかった。

「あ、撮影はＯＫ？」

「ＯＫです。あとは議会まわりの関係者の方から、センセーについてのコメントもらってまわりますね」

「わわっ！　やめてよ、マリちゃん。急にそんな呼び方」

「いいじゃないですか。だって山本サン、今日からほんとに代議士センセーなんだから」

「もう、やだなあ。元の職場のひとからそんな扱いされると、オレ、なんか照れ臭いよ」

そう口にしたとおり、うっすらと頬《ほお》を上気させながら額を搔《か》く。

直人にとって古巣のＪＡテレビから回されてきたこの撮影班は、キャスターも、カメラマンも以前からの顔見知りだった。カメラが止まると、おかげでこちらもテレビ業界人のノリがすっかり戻ってしまう。

「じゃあ、マリちゃん。こんどまた、ゆっくり打ち上げでも」

「あっ、いいですね！　ってか、こんど独身の議員センセーたちの合コンとかも企画してくださいよ。きれいどころのキャスターやモデルの友達、集めときますから」

「おっ、それいいね。やろう、やろう」

「やった！　玉《たま》の輿《こし》婚活、がんばるぞっ」

頭上に浮かれた花でも描き込まれそうな、たわけたやりとりにはちがいなかった。そこへゴホン――と咳《せき》払いがひとつ飛ぶ。

カメラに写り込むのを避けて、壁際から撮影のようすを見守っていた木佐貫だ。

いかにも堅物《かたぶつ》じみた秘書氏からすると、その場で繰り広げられた業界ノリのやり取りは目にあまったのか。それとも、このあとまだ数件、陳情《ちんじょう》者の応対が予定されているものだから、時間が押すのを気にしたのか。

とにかく、かなりあからさまに発せられた警告に、マスカラまみれのキャスター嬢のまつげがパチパチと瞬《またた》かれる。カメラクルーも、察してそそくさと退散の体に入る。

直人としては、ここはなにか気の利《き》いたフォローを挟むべきところだったが、とっさに適当なセリフが浮かばない。

そのときだ。

「お邪魔するよ、直人君――」

よく響く、いかにも磊落《らいらく》なテノールの美声が、執務室の戸口に飛び込んできた。名指しにされた直人はもちろん、ほかの面々の視線もそちらに集まる。

現れたのは、かなり恰幅《かっぷく》のいい身体を上等そうな三つ揃いのスーツに詰め込んだ壮年男性。美声に反して決して美的とは言いがたいご面相の主ながら、代わりにいかにも『永田町のオヤジさん』らしい貫禄《かんろく》はたっぷりだ。

石川《いしかわ》県第1区選出の民友党のベテラン代議士、灰原猛《はいばらたける》である。

「おっ、なんだなんだ。テレビの取材が入っていたのか？」

勝手知ったる態度で入って来た彼を、木佐貫が如才《じょさい》なく迎える。

「これはこれは、灰原先生にわざわざお運びいただくとは。今日は、山本がこちらからご挨拶にうかがうべきところでしたのに――」

「いやいや、なにしろ人気者の直人君のことだ。今日は忙しくて大変だったんだろう」

秘書からの弁明を受け流し、灰原は、総面積広めのその顔を直人へと向けてきた。

「こちらこそ選挙のどさくさでお悔《く》やみが遅れて大変失礼したが、ご尊父《そんぷ》の山本先生の件は、本当にご愁傷《しゅうしょう》さまだったね。僕としても長年の同胞《どうほう》を失って痛恨《つうこん》の限りだよ。しかし山本先生も、君のように未来ある置きみやげを残していってくれたわけだからな。これから、その若いパワーでぜひとも党を引っ張っていってくれたまえ」

「ありがとうございます、灰原先生。ぜひご期待に添えるようがんばります――と、申し上げたいところですが、なにせ右も左もわからない新米議員です。先生には、どうかよろしくご指導、ご鞭撻《べんたつ》賜《たまわ》れれば、と」

もしかしたらプロのアナウンサーでも嚙《か》みそうな、しゃちほこばった定型の挨拶。それが比較的すらすらと出てきたのは、初の代議士会や本会議といった公式スケジュールのあいまに、今日はすでに、何人もの先輩議員に挨拶まわりをしてきていたからだ。

もちろん前日まで、木佐貫のスパルタ指導があったのは言うまでもない。

が、そういえば、党内でも重鎮《じゅうちん》のひとりである灰原のところへは、まだ足を運んでいなかった。

挨拶まわりの順番は、木佐貫が作成したリストにしたがっている。リストは選挙中の応援演説に駆けつけてくれた議員たちを優先して組まれていたから、それで灰原が洩《も》れたのだったろうが……。

「——あ、あの。灰原先生」

と、会話の間隙《かんげき》をぬって、キャスター嬢が議員たちのあいだに顔を出してきた。

「こちらＪＡテレビなんですが、せっかくなので、山本先生とのツーショットを撮影させていただけませんか？」

「おお、それはかまわんよ。番組で使ってくれるのかな？」

それが若い女性からの申し出だったためか、あるいはテレビ取材はやっぱり歓迎だったのか、灰原は、相好《そうごう》を崩して快諾《かいだく》する。

撮影クルーもさっそくカメラを構え直し、改めて灰原と直人との短いツーショット撮影が行われた。

おたがいの両手を使った、固い握手。いま交わされたばかりの挨拶のリピート。ふたりの議員の笑顔、笑顔。

そんな、ごくごく無難な場面が収録されて、ふたたび「お疲れさまでした！」の声。

それでもう、灰原も、この場を訪れた目的は充分に達したようだった。

「よかったら、近々に赤坂《あかさか》あたりで一席設けような」

直人に向かって言い残し、きびすを返して出口に向かう。木佐貫がそつなくつき添って、最後は六十度の角度に頭を下げて見送った。

続いて引き揚げていくＪＡテレビの一行に対する見送りの姿勢は、頭の下げ方が約半分の三十度。

相手によって尽くすべき礼も、もしかすると、彼のなかではマニュアル的な基準ができ上がっている……のかもしれない。


さて灰原議員、そしてＪＡテレビの撮影班に続く来客は、おもに直人が選出された長野の選挙区からの陳情《ちんじょう》者たちだった。

これも選挙中、木佐貫から教えられたことだったが、地元有権者からの陳情を受けるのは、彼らの代表として国会に送り込まれる議員にとって、もっとも重要な務めのひとつなのだという。

まずひと組目が、退職後の教職員や高齢者に対する福利厚生制度の充実を求める、県の教職員互助《ごじょ》組合からの陳情団。続いてやって来た林材関係団体の青壮年会からは、輸入材木への対策についての陳情。

ほかにもうひとり、飛び込みで入ってきた陳情者にも応対して、代議士生活初日の対外的なスケジュールは終了だった。

あとは事務処理その他を片づけるため、執務室でパソコンに向かうこと、小一時間。

「さぁて。これで今日のオレのお仕事はフィニッシュ——かな？」

初登院当日のレポートを公式ブログの記事にまとめて、管理画面の保存ボタンをクリックした。そこで直人は声を弾《はず》ませ自分ひとりで宣言《せんげん》する。

いそいそとパソコンの終了処理を済ませると、執務机を離れてとなりの秘書室に顔を出した。

「木佐貫さぁん！　ブログ、下書きモードでアップしといたからね」

上機嫌な呼びかけに、やはり自分のデスクでパソコンに向かっていた木佐貫も、目顔《めがお》で了解を示したようだった。

これは選挙中以来の習慣だったが、直人名義で公《おおやけ》にされる文書のたぐいは、できる限り、事前に木佐貫のチェックを受けることになっていた。諸般《しょはん》の失言や配慮不足はもちろんのこと、誤字脱字などを防ぐためだ。直人の国語力はそれほど信用されていないらしい。

「それと、こっちはこれで上がれそうなとこなんだけど、みんなもそろそろ終業だろう？　だったらさ、初日の打ち上げってことで、パアッとごはんでも食べに行こっか？」

「わっ、さすが直人センセー。嬉《うれ》しい！」

なかばは自分のストレス解消、なかばはスタッフの慰労《いろう》のための直人からの提案だったが、それにはしゃいだようすで拍手の真似をして見せたのは、この事務所の紅一点、私設秘書の林莉子《はやしりこ》だ。彼女のとなりのデスクでは、第二秘書の大野正之《おおのまさゆき》も、童顔をクシャッと崩して同意を示す。

ちなみに周囲のスタッフたちが直人を呼ぶのにファーストネームを使うのは、たんに直人が親しみやすいからでも、あまりにアホっぽ過ぎるからでもない。苗字《みょうじ》では、やはり父の健人と紛らわしいためだ。

投票の際、「山本健人」と誤記され無効票になってしまうケースが懸念されて、演説や選挙カーなどでひたすら「直人」「直人」の連呼状態だった選挙中から、この習慣はみんなにあっさり浸透していた。

和気あいあいと話がまとまりかけたそこへ、険呑《けんのん》なオーラを発して水を差したのはまたしても木佐貫だ。

「大野君と林さんは、今日はもう上がってください。事務所内の懇親会《こんしんかい》は、しばらく無理です。明日は大学時代のみなさんとの激励会、明後日は支援者会……と、直人先生の予定が詰まっていますから。そして今日はその前に、私とふたりですこし打ち合わせが必要です」

当人名義の議員事務所のなかで、直人は本来、スタッフたちを統《す》べる責任者の立場にある。が、実際に所内で采配《さいはい》を振るい、永田町ではまだ右も左もわからぬ新人議員の直人をコントロールしているのは、やはり政策秘書の木佐貫なのだ。

その事実はたぶん、だれの目にも明らかで、所内で木佐貫の意見に異を唱える人間はいなかった。しおしおと消沈しながらふたりの秘書が帰っていくのを腕組みしながら見送ると、木佐貫は、ひとり残った直人に改めて冷ややかな視線を投げてきた。そして、秘書室の隅に置かれた打ち合わせ用ソファを示す。

職員室に呼び出しを受けた生徒さながら、直人はそこにすごすご端座《たんざ》した。差し向かいに腰を降ろした木佐貫の、曇りひとつない眼鏡のレンズに天井灯の光線が反射する。

「さて。打ち合わせ――というか、初日のダメ出しなんですが」

「は、はい」

どうせそんなことだろう――と、覚悟はしていたつもりだった。が、ありていに宣言されて、汗と苦笑が滲《にじ》みそうになる。

「まずですね。先ほど、最後の陳情の件なんですが――」

「あ、あの件はすみませんでした。オレ、ひとから借金を申し込まれるなんて初めてだったんで、つい慌てちゃって」

ハナからダメ出しされる心当たりがあった話をまず持ち出され、先まわりして詫《わ》びと言い訳とを並

べておく。

この日、最後の陳情。それはもともと約束が入っていたわけではなく、飛び込みで事務所に現れた人物からのものだった。

おそらくは、ほかの議員との面会で入館したついでに立ち寄ったのだろう。五、六十代と思しきその男性は、名刺の肩書きによれば、『日本の貧困を憂《うれ》える会』なる団体の代表らしかった。かつ、直人の選挙区である長野県下の出身で、「この機会にぜひ議員にお目にかかって話がしたい」と訴えているという。

通常、国会議員がアポもなく紹介者もない相手との面会に応じることはまれなのだが、地元出身の有権者となれば、そうそう無下《むげ》にも扱えない。

短い時間なら――と求めに応じた直人に対して、会議室に通された男性は、さっそく滔々《とうとう》と話をし始めた。

（お父上の山本健人議員は、格差是正《ぜせい》の問題にご熱心に取り組んでおられましたよね。このたび、ご子息の直人議員がその遺志を継がれると聞きまして、ぜひお力添えをいただけるよう、お願いに上がった次第です）

（そうですか。それはそれは――）

（いま、日本の国民は本当に困っているんです。税の負担は増える一方でも、福祉や厚生はなかなか

行き届かない）

（はぁ。おっしゃるとおり、大きな問題ですね）

（そうお考えであれば、ぜひ充実した制度の立法へ向けてご尽力《じんりょく》ください。と、いっても法律なんてそう簡単にできるものじゃない。できてもそれが行き届くまでにはまた時間がかかります）

（たしかに）

（しかしこれは、緊急の課題なんです。法律ができるまで、我々はとても待っていられません。それまでにすっかり干上《ひあ》がってしまいます。ですから今日は、とにかく私にお金を貸していただけないでしょうか）

（――ハ？）

今日、この日から議員生活のスタートを切る直人には、それぞれの陳情者から持ち込まれる案件について、ろくに知識も知見もあるわけない。したがって、とにかく「はいはい」と陳情書を受け取り、「勉強させていただきます」「検討させていただきます」とひたすら丁重に返しておくように、というのが木佐貫からのお達しだった。

この飛び込みの陳情者に対してもそうやって無難に流していたつもりだったのだが、気がつけば、話は妙な方向にシフトしていた。

いや。あとにして思えばそのシフトした先こそが、男性にとって、もとからの本題だったのかもしれない。

（じつは実家の住まいが、税金の未払いで差し押さえ寸前なんですよ。向こうでは病気で寝たきりの母と引きこもりの弟が暮らしていて、ふたりとも、家を追い出されたら路頭に迷います。私は私で、1Kのぼろアパートでやもめ暮らし。しかも二か月前に職場を解雇されて、いまは失業保険で食いつないでいる身です。そんなこんなで、もういろいろと、にっちもさっちもいかなくなって……）

（あ、あの。税金の滞納《たいのう》って……どれぐらい？）

（はぁ。税金と、ほかに保険やなにやの未払いを合わせて八十万円ほど）

（えっと。それは……けっこうな金額ですね）

（いや。もちろん、もし議員がお手持ち不如意でいらっしゃるなら、八十万円耳を揃えてよこせ、とは申しません。たとえば半分の四十万円でも、なんとかこの急場をしのげるはずです。なので、どうかお願いします！）

ガバッ、とばかりに目の前の会議テーブルに両手を突いて、男性は、頂《いただき》の薄くなりかけた頭を深々と下げた。

このままでは一家心中よりほかないんです——とまで懇願《こんがん》されて、直人はおろおろ困惑し、頭のなかで忙《せわ》しなく逡巡《しゅんじゅん》した。

こんなに困っているひとを放ってはおけない。でも、いきなり借金を切り出されても、どうしていいかわからない。いま、この場にまとまった金なんてなかったし、あったとしても、事務所の運営費金を勝手に流用するのはマズいだろう。

しかし直人自身のポケットマネーの範囲で、たとえば十万、二十万の用意ができないことはない。議員会館の地下には銀行のＡＴＭも入っている。大野か林莉子かを使いに出せば、ものの数分でこの場に現金を持ってこられるはずだ。

つまるところ、直人は相手の切羽つまり具合に呑《の》まれてあっさり流されかけていたのだ。が、それを制したのは、やはり同席していた木佐貫だった。

（大変恐縮ですが、そのお申し出はお受けしかねますね。議員の立場では、そのような個人的なお金の貸し借りはできません）

（なんですか、あんた。私はいま、山本先生と話してるんですよ？　秘書さんは引っ込んでいてください）

（いえ。議員はなにしろひとがいいもので、ことに地元の出身の方のご窮状《きゅうじょう》ともなれば、つい見かねる気持ちに駆られてしまうのですよ。しかし、借金というのは本来、返す当てがあってするものです。返済の当てもなく金を貸せというのは、それは詐欺《さぎ》か、でなければたんなる金の無心です。失礼ながら、失業中で再就職のメドも立っていない貴方の場合はまさにそれでしょう？）

（――――）

（仮に、もともと深い人間関係がある同士のことでなら、窮状を見かね援助する、というケースもあり得るでしょう。が、陳情の名目で今日初めて訪ねていらした貴方にそうした利益をお与えするわけにはいきません。常識的に考えてください）

（うるさいな。政治家さんにとっちゃ、何十万なんて単位はどうせはした金のうちなんだろう？）

（バカをおっしゃい。政治家にとっては、たとえ一万、二万であっても下手な金のやり取りは命取りですよ。貴方からの個人的な、言うならいちじしのぎでしかないご要望にお応えすることで、逆に地元のみなさまの困窮《こんきゅう》を根本的に救う活動の妨げにもなりかねません。そのあたりをお汲《く》み願って、どうぞすみやかにお引き取りください）

いかにも慇懃《いんぎん》な態度で出口を示した木佐貫に、相手は理詰めではまったく敵わず、逆ギレめかした恫喝《どうかつ》も功を奏しそうにないと悟ったようだった。実態は陳情者というより、ゆすりたかりの類《たぐい》であったらしいその男は、なにか捨てゼリフめいたものをつぶやきながら、憤然《ふんぜん》と会議室を出ていった。

その後に洩《も》らされた木佐貫の長い嘆息は、だがむしろ、直人の脇の甘さに対するものだったのだろう……と思う。

そして、あのとき洩らされたのと同じ嘆息が、いまふたたび、木佐貫の口をついて出る。

「その…困っているひとがいたら、やっぱ助けてあげるべきなのかな、と…」

直人は上目づかいに相手の顔色をうかがって、おずおずと弁解を試みた。

「お気持ちは立派です。しかし、選挙中から申し上げてきたはずでしょう？　金のことは、とにかく厳密にお願いします。貸すのも借りるのも、やるのももらうのも細心の注意が必要です」

「あ、いや。ごめんなさい。選挙中は気をつけてたつもりなんだけど、当選しちゃったらもういいのかな、みたいな……」

言わずもがなで口を滑らせ、直人はたぶん、またおのれのマヌケっぷりを晒《さら》してしまったのだ。木佐貫の額に、ぴりぴりと太い青筋が浮上する。

「選挙が済んで、貴方は一候補者の立場から、国民の代表たる国会議員になられたんですよ？　そのあたり、しっかり自覚を持って行動していただかないと」

「は、はぁ……」

「先ほどの陳情者は、ゆすりたかりの輩としては、いわば小物のたぐいです。しかしたとえば、あの男が暴力団関係の末端構成員だったとしたらどうするんですか？　たとえ数十万の話でも、充分に議員生命を脅かすスキャンダルになりかねない。でなくても、議員が陳情者に金を貸すような真似をしていいことがあるわけはない。あの議員からは金が引き出せる――と評判になって、政界ゴロの喰い物にされるのがオチでしょう」

ウッ、と直人は言葉を詰まらせる。

「…それは、たしかに」

「だいいち、あの男が言っていたことが事実かも怪しいものです。仮に本当だったとして、それをいちいち議員がポケットマネーで助けようとしたって、キリがないでしょう？　そうした話が気の毒でどうにかしたいと思うなら、根本的な解決を目的とした法案を出して成立させなさい。国会議員としては、それが筋ではありませんか」

「……それも、たしかに」

「よろしいですか。これからは、他人の言動をそのまま真に受ける前に、相手の腹のうちにどんな思惑があるのかお考えになる習慣をつけてください。国会近辺、永田町近辺で貴方に接触してくる人間には、貴方を利用しようとしている者もいれば、逆に貴方を陥れたいと思っている者もいるんです。日中、本会議前に石永議員の誘導に乗せられて議事堂で迷子になられたあの件でもおわかりになったはずでしょう？　だというのに、つぎにはあっさり灰原議員の目論みに乗せられて」

「え……じゃあ、灰原先生もなにかオレに意地悪しようとしてたってこと？」

「灰原議員の場合は、人気者の貴方を自分の派閥に取り込んで利用しようというおつもりが満々でしょう。そんな相手とのツーショットをテレビカメラに撮らせたりなさって、いったいどういうおつもりですか？　あんな真似をしたら、貴方、党内で灰原派に寝返ったのかとカン繰られますよ。お気づきでなかったかもしれませんが、灰原さんは、お父さまの葬儀の席に顔も出していらっしゃらなかった。つまりね、健人議員とはそういう間柄だったんです。なのに今期の新人としてトップ当選を果たしたとたん、てのひら返しでさっきのあの態度ですから」

「そ、そうだったんですか?」

「そうですよ。だいいち、彼は警察官僚の出身でゴリゴリのタカ派です。あちらの派閥に入ったら、貧困対策だの福祉の充実だのといった政策は論外扱いされますからね」

「う、うぅ……いろいろ不勉強ですみません」

口では〝先生〟と呼ばれる立場も形無しの劣等生ぶりを丸出しに、ひたすら低頭を重ねるしかない直人である。が、木佐貫のダメ出しはまだ続いた。

「それから、もうひとつ、ぜひ気をつけていただきたいのは、女性との接触に関してです。先ほど取材に来ていたキャスターへの態度などは、まったく感心しませんね。合コンだのなんだのとかいう浮ついた話が外に洩れたら困りますよ」

「え? あ、あの……いや、だけど合コンぐらい」

「駄目です。新米議員が国政そっちのけで女の子と遊ぶことばっかり考えてる——なんて批判が集まるのは目に見えてますから。でなくても貴方の場合、今回の選挙に圧勝できた理由のひとつは、そのルックスで稼いだ浮動票ですよ。ありていに言って、おばさん受けする男性アイドルと同じなんだから、女性スキャンダルにつながりそうな言動は全力で回避していただきたい。むろん、外部の人間に対してだけでなく、事務所内でもね」

「事務所内って、つまり、莉子ちゃんのこと？」

「そうです。事務所スタッフとの親睦《しんぼく》だなんだといって、彼女との距離が近づくのは好ましくありません。うかうかしていると、すぐに喰いつかれてタダでは済まなくなりますよ」

「く、喰いつかれるって……莉子ちゃん、うちの後援会長の林さんとこの娘なんだよね？　つまりは地元じゃけっこう大きな企業の社長令嬢じゃん。そんないいところのお嬢さんが、まさか」

「逆ですよ、お嬢さんだからこそです。ちょっと考えればわかるでしょう？　彼女は地方の女子大を出て、特に就職もせず料理教室に通わせられていた地元資産家のご令嬢ですよ。そんなお嬢さんがわざわざ送り込まれてきたのは、議員との婚活目的に決まっています」

「う、うそっ!?」

「信じる信じないはおまかせしますが。つい出来心でのつまみ喰い……などは言語道断です。もちろん、それで議員が早々に落ち着いてくださるとしたら、まあよしとすべきなのかもしれませんよ？　しかし代議士の妻というのは選対上、非常に重要なツールのひとつですからね。はっきり言って、林さんでは力不足かと思います」

　ここまで容赦《ようしゃ》なしにたたみかけられた木佐貫からのダメ出しは、正直なところ、直人の脳の回転速度では、とうてい処理が追いつかない分量のものだった。それを無理やりインプットしつつも、要認識事項のあまりに殺伐《さつばつ》とした内容に直人はヘコんだ。

なかでもいちばん大きなヘコみポイントになったのは、やっぱり最後のネタだったかもしれない。

「けど、そんな……まわりは敵だらけみたいに考えるのはしんどいよ」

さも悄然《しょうぜん》とおのれの膝《ひざ》に目を落とし、直人はつい情けなく吐露《とろ》していた。

「当然です。ここをどこだと思ってるんですか？　日本最大の伏魔殿《ふくまでん》ですよ。まわりは百鬼夜行《ひゃっきやこう》、魑魅魍魎《ちみもうりょう》。ひとを見たらドロボーと思え。日夜、それぐらいの覚悟でいてくださらないと足りませんから」

憤然と、あるいは不遜《ふそん》に言い返してきた木佐貫に、直人の側から異論を挟む余地は、ない。

＊

その落ち着き払った風貌《ふうぼう》と物腰から、一見、とても二十代とは思えない木佐貫だ。が、じつは年齢だけなら直人自身とたいして差がない。学齢で二年上だそうだから、現在、まだ三十歳にもなっていないらしかった。

しかし両者間のスペックには、なかなか埋めがたい差が横たわる。

もともと国家公務員特別職とかいうスペシャル感漂う身分にあって、個人給与を国費から支払われている公設秘書。なかでもその筆頭に位置づけられる政策秘書は、だれもがそう簡単に就《つ》ける職業ではない。

特別な資格は不要で、各議員の選任に委《ゆだ》ねられる第一、第二秘書に対して、政策秘書には合格率わずか数パーセントの超難関な資格試験が存在する。あるいは国家公務員一種試験や司法試験などの合格者、博士号取得者などにもその門戸《もんこ》は開かれている。

ほかに五年、十年といった長期に亘《わた》る公設秘書の実務経験によっても就任が可能らしいが、木佐貫の場合は東大法学部に在学中、法科大学院を経由せずに旧司法試験に合格。そうして司法修習の期間中、「子どもの貧困対策」に関する院内集会に参加したことから、健人議員と知り合った。

で、そのままいけば裁判官か検察官、あるいは弁護士にでもなるところだったのが、健人からのたっての願いで政策秘書の職を選んだのだという。

ちなみに父の誘いをきっかけに、木佐貫は政策担当秘書資格試験も受験して、あっさり合格。もともと司法試験に通っているだけで充分だったのに、あえてその難関に挑んだのは、自身の能力に自信があったせいか、それともいわゆる資格試験オタク的な心情だったのか。

どっちにしても、ボンクラ息子、アホ息子のたぐいにちがいない直人からしたら、きっぱり別次元の人間としか思えない。

直人の出身大学は、私学としては、まあ金看板のうちのひとつ。いわゆる私立一貫校のなかでは、おそらく全国的にトップランクの著名な存在だろう。ことに最初の入口である小学校は、例年、三十倍超の入試倍率を誇っている。

が、その倍率を突破し入学を果たした当時の直人が、現在のていたらくなどとても想像できない坊きん出た神童《しんどう》だったわけでは、もちろんない。

渋谷《しぶや》区内にある私立幼稚園の年長組だった、夏のある日。直人は紺のスーツを着込んだ両親に連れられて、「小学校の理事長先生とのお話」に出向いている。

あとにして思えば、それは秋の入試を前にした、縁故《えんこ》頼みの事前面接だったのだ。

その後は中、高、大学まで、外部からの受験とは比較にならない広き門の内部試験で進んでいる。いや内進生の場合、入試の点数が足りなかったとしても、それなりの寄付金でゲタを履《は》かせてもらえる——といううわささえあった。

直人の両親にも、息子のために、そうした寄付を積まざるを得ないことがあったのか、否か。とにかくいよいよ大学進学となった折には、進路面接の時点で「その成績じゃとても無理」と希望の法学部をあっさりハネられ、結局は文学部に潜《もぐ》り込んだ。

さらには就職の折も、議員である父の健人を交えてJAテレビの社長と食事を重ねること、三度。つまりはそれが、直人の就職活動のすべてだった。続く一次、二次、そして三次の最終面接まで受けさせられた入社試験は、まあ出来レースだったとしか思えない。

自身の希望でもあったテレビ局への就職をあと押ししてくれた一方で、健人は直人に対して、政治の世界にかかわることをまったく期待していなかった。いや実際、父には直人を自身の後継に据《す》える意向はゼロだったのではないか。

だから、あんなふうに父が突然、逝去《せいきょ》するようなことがなかったら——とは思う。

総選挙直前に有力候補が吹っ飛ぶという不測の事態を前にして、民友党は、直人のキャリアや適性などは度外視に、慌てて出馬を要請してきた。健人の突然の死がセンセーショナルだっただけに、ここはやはり、実の息子を押し出し浪花節《なにわぶし》的な同情票を引っさらうほかないだろう——と当て込んだのだ。

いかにも短絡的なその出馬要請を、直人は当初、自分には荷が勝ち過ぎることを理由に固辞しようとしていた。それを熱心にかき口説き、結局、弔い選挙に担ぎ出したのは、ほかでもない木佐貫だ。が、あの健人の息子がここまで脳なしのチャラ男だとは、さすがの木佐貫にも想定外だったにちがいない。

なにせ公職選挙法も政治資金規正法も白紙の状態で迂闊《うかつ》な言動を繰り返す直人に、木佐貫はたぶん、選挙中からヤキモキさせられっぱなしだったのだ。あげく、それでも党のもくろみどおり晴れて圧勝の当選を果たし、初登院にこぎつけた今日一日の、あのザマ。

木佐貫が、いまになって後悔はなはだしい心地に駆られているだろうことは、直人自身にも察してあまりある……のである。

なんとも肩身の狭い思いで永田町から赤坂まで徒歩で十分ほどの距離を並んで歩き、直人が木佐貫とともに衆議院議員宿舎に帰りついたのは、午後八時過ぎ。夕飯も宿舎内の食堂で、まだ仏頂面の木佐貫と顔をつき合わせる形で味気なく済ませた。

そうして二十二階の居室に戻ったのは、そろそろ九時になろうかという時分だ。

リビングの窓から六本木《ろっぽんぎ》方面の街並みを一望にできる居室の間取りは、八十二平米の３ＬＤＫ。この立地、この間取りにこの設備で、月々の家賃は破格の九万二千円。つまりはこれも、議員特権のひとつにちがいない。

上着を脱いでソファの背にかけ、かっちりと締められていたネクタイの結び日も緩《ゆる》めてひと息つくと、直人はキッチンにまわって冷蔵庫のドアを開けた。

庫内の棚には水のペットボトルに野菜ジュース、それと直人の好きなギネスビールの黒い缶がずらりと収められている。公平を期して思い起こしておくべきことだが、このあたりは口うるさいばかりでなく、たしかに気がまわりもする木佐貫の采配だ。

いそいそと一本取り出して、ビール用のタンブラーも用意する。

「――木佐貫さんも飲む？」

「いえ。私はまだまとめておきたい資料がありますので」

半分、社交辞令で尋ねたが、返ってきたのは案の定、冷ややかなおももちでのノーサンクス。

またシュン、と気持ちがへこむのを感じながら、直人はビールの缶と自分のグラスを手にしてリビングのソファに座を占めた。対する木佐貫はダイニングテーブルの上でノートパソコンを立ち上げ、持ち帰り残業開始のモードである。

テレビ局勤務時代に暮らしていた汐留《しおどめ》の賃貸マンションを引き払って、直人がこの豪勢な宿舎に移ってきたのが、数日前。じつはその初日から、こんなふうに、木佐貫とのなし崩し的な同居状態が発生している。

たしかに、独身の直人には広過ぎる間取りだし、もともと健人の在職中も、家族は世田谷《せたがや》の実家に住んで、宿舎は平日、公務で遅くなる晩の議員と秘書たちとの泊まり用に使っていたのだ。

そして木佐貫の側にも、宿舎での半同居状態には、足元の怪しい新米議員の生活を逐一管理し、プライベートまで監視しておける、という仕事上のメリットがあるのだろう。

なにしろ木佐貫のダメ出しは、直人の身なりにまで及ぶのだ。たとえば毎朝、ワイシャツとネクタイの柄を選ぶにしても、直人自身の最初のチョイスはまずことごとく却下の憂き目に遭う。やれ派手すぎるだの、それブランドのロゴが目立つだのといったことがその理由だ。

管理される側としては、正直、かなり煙たい状況だが、あえてそれを斟酌《しんしゃく》する木佐貫ではない。

ちなみに木佐貫の住まいは江東《こうとう》区内、都営新宿《しんじゅく》線の大島《おおしま》が最寄《もよ》り駅になるという。同居する家族は母親と妹がひとり。察するに、女ふたりにタッグを組まれ、長男としてはそうそう居心地がいいわけでもなさそうだ。

ダイニングテーブルで黙々と仕事に没頭する彼を横目に、直人は淡雪のようにきめ細やかな泡を立たせてグラスに注《つ》いだビールを、少しうしろめたい気分でチビチビやり始める。

カーテンを開け放ったままの窓の向こうには、まるでダイヤモンドをまき散らしたような都心の夜景。そのまばゆいきらめきが、なんだか逆に直人を意気消沈させた。

「……せっかく、こんなロマンティックな夜景が見える部屋なのに、ね」

思わずボソリと洩らしたのに、木佐貫が、パソコンのモニタから目を上げる。

「──なんですか？」

「いやさ。木佐貫さんもいることだし、まさかここに、女の子連れ込むわけにもいかないんだよな、って──」

もちろん、これはたんなる軽口ですから。そう言いわけするように、じつは明らかな本音にカラ笑いを交えて応じる。

実際、今日は直人にとっても、それなりに緊張を強《し》いられた一日だったのだ。本当なら、その程度の息抜きを望んでもバチは当たらないのではないか？

が、なにせ相手は木佐貫なのだ。ごくごくありふれた軽口を、気安く受け流してくれると期待するのがまちがいだった……のかもしれない。

直人に据《す》えられていた彼のまなざしが、眼鏡の下で険呑《けんのん》な光を閃《ひらめ》かせる。

「先生。今日は貴方の初登院当日だったのですよ？　それもあれだけいろいろあった一日を終えて、改めてお考えになることがそれですか？」

「あ、ごめん。べつにそんな、木佐貫さんのことが邪魔だとか、小うるさいとか煙たいとか、そういう意味じゃ、全然ないから」

「……なるほど、ね」

「け、けどほら、オレだって、まだまだ二十代のヤリたい盛りでしょ？　この先、任期満了まではぜったい遊べないのか——とか思ったら、そりゃ真剣に国政を考えるより前に辛くもなるよ」

直人としては慌てて言い訳したつもりだが、それはやはり、ベタベタな失言の上塗りでしかなかったろう。

とはいえ、当人的にはこの件で愚痴《ぐち》のひとつもこぼしたくなるのも当然——という気持ちもたしかにある。

もともと学生時代、いや高校、もしかすると中学の時分から、まわりの女性たちから甘い誘いを受ける機会にはこと欠かなかった直人である。一方で、誘いに乗じた上での交際が長続きしたためしもない。当然ながら、ブランクが生じる期間もしばしばあった。

考えてみれば、父の健人が亡くなる前の時期は、たまたまそのブランクに嵌《はま》り込んでいたのだ。そして、その後の父の逝去と続く怒濤《どとう》の選挙戦のあいだは、さすがにそんなことに目を向けている余裕はなかった。

だが、このブランクが今後もずっと、議員でいるあいだじゅう続くのだとしたら、さすがに辛い。

ふだんはその手のチャンスに恵まれているだけに、むしろ淡白な性質だと思う直人にしても、それは辛い。

室内の空間に、瞬時、なにか気圧が増したような沈黙が落ちていた。そこにブチッと、まるで引っ張られ過ぎたゴムでも切れたような音が響いた……気がした。

もちろん、現実にそんな音の発生源は見当たらない。

実際にその沈黙を破ったのは、木佐貫が洩らした憤然たる嘆息だ。

「わかりました。貴方が国会議員としての職務になかなか意識を集中できずにおられるのも、つまりはそちらの方面に対する私の配慮が欠けていたため——ということですね」

日中同様、慇懃な敬語を保ちながら、その言葉にふつふつと滲む押さえがたい怒りの色。

作業中のパソコンを放棄《ほうき》して、ダイニングチェアから立ち上がる。と、彼にしては荒い足音を立てて直人の前までやって来て、真正面からソファの座面に片膝を乗り上げた。

ヤバ……と、直人はほとんど声に出してつぶやきそうになっていた。

当人的には素のままの、特に悪気もなかった軽佻浮薄《けいちょうふはく》な言動は、どうやら木佐貫の神経をきっぱり逆撫《さかな》でしたらしい。いきなり間近に迫ったレンズの下のその瞳が、珍しく強い感情を宿していた。

こ、これは鉄拳制裁か。木佐貫のつぎなるアクションを察知して、直人は思わず全身を縮み上がらせた。

かなりナンパな学生生活を送った直人には、友人との本気の殴《なぐ》り合いなんて経験はない。もちろん、家庭で親から手を上げられたこともない。

が、この木佐貫を本気で怒らせたのだ。ここは一発ぐらい殴られるのもいたしかたないような、やはりそれはさすがに理不尽なような——と、気持ちがせめぎ合う。

ともかく、せめて拳固《げんこ》は避けたい。平手ぐらいに留めておいてはくれまいか。

木佐貫も、どちらかといえば秀才上がりの文系タイプだ。それでもこの体格で本気を出されたら、直人などあっさり吹っ飛ばされてしまうだろう。

いや。それともここは、おとなしく詫びておくべきか？　だがそれでは彼から強いられようとしている禁欲生活を素直に受け入れることになってしまうか。

しばらく直人を睨《にら》み据えたあげくの木佐貫のアクションは、しかし、覚悟していた拳固でもなければ平手打ちでもなかった。

力を溜めていたはずの彼のこぶしは直人のベルトにかかり、手早く金具を外したかと思うと、パンツのファスナーをサッと下げていた。あげく、その下のごくごく個人的な部分を包み隠したニットトランクスまで、一気に剝《む》いてしまったのだ。

「うわっ、なにすんですか?!」

いきなり外気に、そして容赦《ようしゃ》のない木佐貫の視線に晒されて、直人のモノはひたすら小さく萎縮《いしゅく》するしかない。

ふにゃりと柔らかなそれをたなごころに弄《もてあそ》び、木佐貫は、軽く目を眇《すが》めるようにしてうそぶいた。

「こう申してはなんですが、貴方のここは、意外に慎《つつ》ましやかなサイズでいらしたんですね。これまでおつき合いなさった女性たちは、この程度のお道具で満足されていたんですか?」

「へ? ひっ、ひど……」

〝慎ましやか〟で、かつ〝この程度〟?

じつは秘《ひそ》かに抱えていたコンプレックスをごく丁重に、しかし意味合い的にはぐっさりストレートに指摘され、直人はほとんど涙目になりかける。

いままでかなり親しいともだちにも、いや、身内にだって相談できずにきた話だが、直人のモノは、たしかにちいさい。それだけなら日常、べつに不自由はないものの、関係を持った女子たちとの交際がまず長続きはしないのも、もしかするとこのせいなのか——と、ときに不安に駆られることもあって……。

「ああ、ですがべつにコンプレックスにお感じになることもありませんよ。サイズは若干控えめでも、色も形も悪くない。それにほら、感度もなかなか良好じゃないですか」

それでもフォロー的なプラス評価をつけ加え、木佐貫が、萎《な》えたモノを親指の腹でやさしく撫《かす》で上げる。感度は良好――と評されたとおり、ひとの手の体温を感じたそれは、まだ力ないながらも微かな萌《きざ》しを示しかけていた。

カアッ、と頬が紅潮する。日ごろの彼からはとうてい、予想できないやり口だったが、木佐貫は、あきらかに直人をいたぶっていた。この状況は、もしかすると、鉄拳を振るわれる以上に屈辱《くつじょく》だ。

「も……勘弁してよ。こんなやり方、木佐貫さんらしくない」

「そうですか？　この件は、私にとってはかねてからの懸案《けあん》事項だったんですがね」

ハ？　と、直人の顔面に大きな疑問符が浮かんだ。

「かねてからって、なんの話？」

フッと、木佐貫の側はあきれ混じりの鼻笑いを洩らす。

「選挙中から、貴方のガードがあまりに緩いことが気になり続けていたんですよ。その容姿と愛想のよさは、まるで誘蛾灯《ゆうがとう》じゃありませんか。あの短い選挙戦のあいだで、いったい、何人の女性から秋《しゅう》波《は》を送られていたと思います？　いや――相手は女性だけじゃない。選挙区に応援演説にいらした宮《みや》塚《つか》幹事長からも、それに県議会議長の飯島《いいじま》先生からも粉をかけられていた始末じゃないですか」

「し、知らないよぉっ、そんなことっ」

「粉をかけられていることに気がつきもしないで愛想を振りまいてるから緩い、と申し上げているんです。おかげで私は、貴方がいつなんどき、墓穴にはまってもみ消し不能な事態に陥りやしないかと、頭痛の種を抱えさせられていたというのに――」

ここまで溜めに溜めてきた鬱屈《うっくつ》を、今日は一気に爆発させるモードに入ってしまったのだろうか言うだけ言うと、木佐貫はソファの座面に乗り上げていた膝を床に降ろした。と、位置の低くなったその頭が、直人の剥き出しの下肢《かし》に覆いかぶさってくる。

まさか――と思うまもなく、直人の性器は木佐貫の口中にすっぽりと咥《くわ》え込まれていた。

敏感な部位を包み込む、温かく湿った粘膜。その感覚のなまなましさに、ヒイッ、と悲鳴めいた声が洩れる。

「木佐貫さんっ、な、なにをっ!?」

「おもてで悪い誘惑に流されないための処理ですよ。こうして、ときどき出すもの出しておけば、飢えに駆られてついうかうかと他人の誘惑に引っかかるリスクを軽減できるじゃありませんか」

やや声をくぐもらせながら応じると、木佐貫は、ついで口中に含んだ直人を吸い始めた。

直人は慌ててその肩を押し返そうとしたが、体格差のある木佐貫の手で腰を抱え込まれ、とてもじゃないがかなわない。

強く、強く、弱く。強く、弱く、弱く。

木佐貫の舌に捉《とら》われた直人のそれは、リズミカルなディープスロートに誘われて、いやおうもなく嵩《かさ》を増す。同時に股間全体に、ズウン、と快感が走り抜ける。

気真面目な、ほとんど険しい表情を保ったままの木佐貫の口淫《こういん》は、怖《おそ》ろしく巧みで情け容赦がなかった。

……いい。ちょっともう、どうしようもないぐらい気持ちがいい。

しばし、目をつぶって相手の姿を視野から消せば、まるでプロの風俗嬢が短時間に達《い》かせるためのテクニックを発揮《はっき》しているのだとしか思えない。いやもちろん、直人もさすがにその手のプロのお世話になった経験はないのだが……。

「木、佐貫さん……」

「なんですか？」

「な……なんでこんなにうまいんだよ？」

思わず発した素朴な疑問に、またフッと鼻で笑われる気配。

「それは私も同じ男ですからね。この場所のツボは、女性よりも格段に心得ていますよ。それより私の声が耳に入って萎えるのがおいやなら、いまは質問なさらないことです。ついでに目もつぶってらっしゃるほうがいい」

「け、けど、いくらオレのユルさが気になってたからって、なにも木佐貫さんがここまで――」

「政策秘書にこんな奉仕までさせるのは忍びない――ですか？　大丈夫、貴方の性器を咥えるぐらい、私にはなんでもありませんから」

「ほ……ほんとに？」

「ええ。と、いうより本音を申し上げると、私はもともと、女性よりも男性に欲望を掻き立てられる性癖の持ち主ですから」

「――へっ?!」

快感に呑まれて仰《の》け反《ぞ》りかけていた顎《あご》が、思わずそちらに引き戻された。かっちりとしたスーツ姿のまま股間に顔を埋《うず》め、熱の込もった口淫を続ける相手と視線がかち合う。

眼鏡の下の冷ややかな瞳が、瞬時、直人を射るような光を閃かせた。

どさくさに紛れて、なんだかとんでもないことを聞いた気がする。けれど、当の木佐貫の表情は変わらないままで、直人はますます混乱した。

「とにかく、いまは相手が私だということはどうぞお気になさらず。ああ、ですが貴方のここは、私相手でもしっかり反応できるようですね」

「言……わ、ないでよ……」

目に映る男の姿、耳に入る言葉のクールさと、与えられる快感の熱さ。そのギャップに頭が追いつかず、直人はフルフルと首を横に振る。

先ほど木佐貫から〝慎ましやか〟と評された直人のモノも、いまや彼の口中ですっかり硬く勃《た》ち上がり、おそらくは先走りの体液をしとどに滲ませているのにちがいない。それを巧みな舌にことごとく舐め取られ、もうまもなく、奥のほうからせり上がってくる、さらに濃厚なものを放出してしまいそうな勢いだ。

「ダ……メ。木佐貫さ……オレ、も、出る、から……」

女よりも男が好き——と、言うからには、つまり木佐貫はゲイなのか？　そうして彼が魅力的だと感じる範疇《はんちゅう》に、いちおうは直人も収まっているわけなのか？

としても、いくらなんでもこのまま木佐貫の口のなかに出してしまっては悪過ぎるだろう。

直人は震える声で哀願し、両手を突っ張らせて彼の肩を押しのけようとした。木佐貫はそれに逆らって、口中のモノをさらに強く、強く唇で締めつけてくる。

「あ……や、ぁっ……！」

ドクン、とひときわ張り詰め、そしてあっけなく弾け飛ぶ。濃く熱く迸《ほとばし》る体液はどうにも止めようがなく、木佐貫の口中に放出されたのにちがいない。

いったい、どんな味と触感なのか。木佐貫はしかし、不快の欠片も見せずに残滓《ざんし》までを絞り取り、飲み下す。

嚥下《えんげ》につれて、その喉元が大きく動いていた。そのさまを、直人はただ茫然《ぼうぜん》として見つめるしか、ない。

2

その日の午前中、衆議院議員会館一階の第701号会議室では、「子どもの貧困対策法案」に関する超党派議員連合の、今期初の勉強会が開かれていた。

茶系を基調とした落ち着いた内装の会議室内に居並ぶのは、やはり与党である民友党の議員が多いだろうか。またこうした福祉関連のテーマには喰いつきのいい社連クラブ、人権党など革新寄り政党のメンツも目立つ。

彼らを前に、いま演壇《えんだん》のマイクに向かっているなかなか美人な女性パネラーは、国立社会保障・人口問題研究所の研究員だという。

――お手元の資料にございますように、前回の国民生活基礎調査に基づき厚生労働省が発表したデータによりますと、十七歳以下の子どもの相対的貧困率は15・7パーセントとなっています。

ご承知おきのとおり、相対的貧困とは、所属する社会の一般的な生活レベルと比べて一定以下の生活レベルである状態を申しますが、その相対的貧困状態にある子どもの数は、三年間でおよそ二十三万人も増加したことになります。

オブジェクターに投影される、データを可視化した表やグラフ。手元には、同様の内容をプリントした紙の資料。

当該問題の議連メンバーを対象にした勉強会だけに、講話中にはしばしば、注釈抜きの専門用語も散りばめられる。不勉強な直人にとっては「なんだ、それ？」と聞き返したくなるキーワードも多々あって、それはこのあと、いまかたわらで同じ話を聴いている有能な秘書に尋ねておいたほうがいいだろう。

ふつう、この手の勉強会は、議員自身が出席するなら秘書を同席させる必要はない。が、第一回ということもあって、直人ひとりではまだ心許《こころもと》ないと思ったのか。ともあれ木佐貫が同伴してくれたのは、だから、ありがたいことにちがいなかった。

ただし、あの青天の霹靂《へきれき》の出来ごとを経た、昨日の今日なのだ。にもかかわらず、彼がまったく平然と、ふだんと変わらぬ涼しい顔でいることに、直人としては、どうにも微妙な居心地の悪さを感じずにはいられない。

かたわらの、スッと通った鼻筋に眼鏡のブリッジを渡した、じつはなかなか端正な横顔を盗み見る。

木佐貫が、父の健人の事務所に勤めるようになったのは、六年ほど前。元の政策秘書が地方選挙に出馬し当選、長野県議になったため、空《あ》いた席に納まった格好だ。

当時、直人は大学四年生。もう就職も内定して、残り少ない学生生活の満喫にいそしんでいたころのことだった。

新しく入った政策秘書は、まだおまえと変わらない年頃なんだ。そう、父から聞かされていた彼と初めて顔を合わせたのは、なんの機会だったか。

直人が永田町の議員会館に足を運ぶようなことはまずなかったので、たぶんあれは、木佐貫が調布《ちょうふ》の自宅まで父を送ってでも来たときだったろう。

当時から、眼鏡とダークスーツでいかにも永田町の黒衣らしい堅い印象の男だった。『東大卒の司法試験合格者』という事前情報からイメージしていたとおり——とも言えたかもしれない。とにかくいくら年齢が近いからといって、直人がふだんツルんでいたような悪友連中とはまったくちがうタイプだったことだけはまちがいない。

そんな木佐貫と期せずして密に関わるようになったのは、やはり父が心筋梗塞で倒れたそのときからだ。

父の急逝、葬儀、そして続く怒濤の選挙と当選、初登院までの日々、すべての面で采配を振るい、ことを動かしてきたのは木佐貫だ。直人自身は右も左もわからないまま、ひたすら彼の指示にしたがってきた。まさに、おんぶに抱っこのありさまである。

父を失くし、会社を辞めて議員に転身してしまったいま、この秘書の存在を抜きにして自分の生活が立ちゆかないだろうことは、さすがに明明白白なのだ。

とはいえそれはあくまでオフィシャルな、公務を中心にしてまわる生活における話である。ちょいと口うるさいけれど、気真面目で有能な、かなり頼りがいのある政策秘書。それ以外のなにものでもなかったはずの彼のプライベートなど、たぶん、見かけどおりにお堅いんだろうな——ぐらいにしか考えていなかった。

そうなのだ。この男がよもや、超絶フェラテクを誇る隠れゲイだったとは——。

直人がこれまで身近に知っていたゲイといえば、どの男もさもありなん、という風情《ふぜい》の持ち主しかいなかった。

テレビ業界の関係者がしばしば足を運ぶ深夜営業のゲイバーの連中や、番組出演者のいわゆるオネエタレントばかりではない。職場で取り引きがあったグラフィックデザイナーにカミングアウトしている男がいたが、彼もまた手入れの行き届いた手指をリングで飾り、耳にはピアス。さらにはものやわらかな言葉遣いや身ごなしがかなり特徴的だった。

彼らをスケールにして比べると、木佐貫のケースはやはり相当な驚きだ。

たとえるなら、青天の霹靂。

寝耳に水。

あるいは棚からボタ餅《もち》……ではないっ。

それはない、ボタ餅はない。

そんな甘くておいしい話では、断じてない！

これまでそれなりの数の女性と楽しい交渉を持ってきた直人だが、あんなふうに、抵抗不能なぐらい気持ちがよかったのは初めてだ。あまりに予測不能で想定外の出来ごとだっただけに、ドギマギと妙に心乱されてしまったことも、たぶん事実だ。相手がかわいい女の子だとしたら、生涯の、宿命のパートナーかと思い込んだところかもしれない。

しかし、相手はほかでもない木佐貫なのだ。

木佐貫の圧倒的なテクニックの前に抗《あらが》いようのない快感を得て、あっさり下半身を陥落《かんらく》させられた、ことのあと。ただ茫然として言葉も出せない直人に対して、頭上から投げかけられた冷ややかなセリフが脳裏によみがえる。

（さて、これで直人先生の下半身問題は解決ですね。貴方と私は現状、完全に利害の一致した運命共同体だ。どちらかがこの関係を洩らすことはあり得ません。おたがいにとって、これ以上、安全な性欲処理の相手はないわけだから）

現状、と彼が留保《りゅうほ》をつけたのは、すくなくともおたがい雇用関係にあるこの任期中は——という意味か。いや、仮につぎの選挙で直人が落選し、あるいは当選した上でべつの政策秘書を選任したとしても、以前の秘書との性的関係を洩らす可能性はさすがに皆無だ。

つまりは木佐貫にしても、自身の秘めた性癖の機密はほぼ確実に保たれる。その上で、懸案事項だった議員の下半身問題を、漏《ろう》えいのリスクのつきまとうアウトソーシングに委ねず行えるのだ。合理的といえば、たしかに合理的この上ない。

やはり、怖ろしく頭の切れる男だ。それは認める。認めるが、こちらにとってはもしかすると、最凶最悪のセフレなのではあるまいか。

日中の公務をほぼ全面的に依存、掌握《しょうあく》されている上に、文字どおり下半身までがっつり管理されることになってしまった、となれば……。


——子どもの貧困は、子どもの健康、情操面の成長を著《いちじる》しく阻害し、ときには子どもを虐待的な状況に追い込み、また教育レベルの格差拡大といった問題をもはらみます。個々の子どもの人権擁護の視点に加え、我が国の将来的な人材育成の観点からも、早急に取り組むべき社会的課題であると考えられます。

しかしながら、現時点では、政策立案の前提となる実態調査もまだ行われていない状況です。まずは貧困下にある子どもたちがどのような生活をし、どのような困難に直面しているか。その点を明らかにする詳細な調査が求められ……。


いま、この場にはふさわしからぬ問題を頭のなかでぐるぐる巡らせているうちに、大切な講演の内容を、いっそう馬耳東風《ばじとうふう》にしてしまっていたかもしれない。ことの元凶である木佐貫に悟られたとしたら、またきつくお目玉を食らうところだ。

気を取り直すように、直人は手元の資料を眺めた。

「子どもの貧困対策」は、生前、どちらかといえば経済界の利権寄りの議題に関わることが多かった故・山本議員が、唯一手がけていた福祉寄りの法案だ。生前の父がそうした問題に取り組んでいたことを直人が初めて知ったのは、急遽《きゅうきょ》、弔い選挙に担ぎ出されることが決まって、候補者として政策テーマを掲《かか》げなければならなくなったときである。

選挙に当たって掲げる政策テーマは、本来、候補者自身が興味関心を抱き、当選したあかつきにはぜひとも議会に持ち込むつもりのものにするのが筋だった。が、もともと政治に関心が薄いまま、党側から拝み倒されて選挙に駆り出されただけの直人には、正直、そんなテーマがあるはずない。で、地盤や看板その他など、選挙選を戦うに当たって必須のほかのツールと同様に、政策テーマも父親の遺産をそのまま譲り受けるほかなかったのだ。

保守政党内では《人気取り政策》と嫌われるこの手の福祉法案は、それでも一般の浮動票層には受けがいい。イケメン二世議員としてマスコミの注目度が高い直人にとって、浮動票層へのアピールはことさら重視すべきポイントだ。当選後、まずは当該テーマについての超党派議連に参加して、国会での初質問のテーマもこれでいくことにしたのはそのためだ。

国内外の経済問題に関わる議題などに比べれば、福祉の問題は専門的な知識がなくて感覚的に掌握しやすい、という利点もあった。

それやこれやの戦略全般も、もちろん、直人自身ではなく、優秀な政策秘書が立てたものだ。

予定されていたパネラーの登壇、発表がすべて終わると、議連の代表者である民友党の片倉《かたくら》議員の挨拶をシメに、勉強会は時間どおりのお開きとなった。

参加者の議員たちは三々五々、立ち上がり、たがいに挨拶を交わしたり、パネラーに声をかけて質問をしたりし始める。会後のそんなざわめきのなか、書類をまとめて席を立とうとした直人たちのところにも、ひとりの参加者が近づいてきた。

「――木佐貫先輩」

身なりはごくごく地味な定番スーツだが、やや女性的ながら整った小作りな顔立ちは、ちょっと目を惹く美貌《びぼう》である。首から下げたＩＤカードと入館証とから、彼が霞《かすみ》が関《せき》から遣わされてきた省庁の人間であることは即座に知れた。

「ああ、佐竹《さたけ》君」

呼ばれてそちらに目を向けた木佐貫が、いかにも旧知の調子で応じる。

「直人先生、こちらは――」

「山本直人先生ですね。私、厚生労働省から参りました、佐竹と申します」

仲介に入った木佐貫の視線を受けて、彼はすでに手元に用意していた名刺を直人に差し出した。

名刺のおもてには、『厚生労働省／機会均等・児童家庭局総務課課長補佐』とかいう長ったらしい肩書き。名乗ったとおり、名前は佐竹郁生《いくお》となっている。

この会議室に集まったなかでは、かなり若い部類である。一見した印象は、直人と同年代。それで省庁の役つきの名刺を出してくるのだから、いわゆる高級官僚のたぐいだろう。

「機会均等・児童家庭局の総務課……ですか。具体的にはどういうお仕事の部署になるんですか？」

「おおむね国会対策の窓口に当たる部署とお考え願えれば。ですから今後、議員には諸般、お世話になることかと存じます」

「そうでしたか。こちらこそ、どうぞよろしく」

直人のほうも、こちらは衆議院議員の肩書きとともに顔写真が添えられた、ちょっとご大層でまだ使い慣れない名刺を返す。

「佐竹君。議員は第一回の国会質問でも、今回の勉強会に関わる内容を予定しているんだ。ですよね、先生？」

「あ……うん、そうなんです」

あいだに入った木佐貫からうながされ、特につけ加えることも思い浮かばずうなずいた。

「そうですか。でしたら、質問の前には事務所のほうにレクチャーにうかがうことになるかと存じます。それと、法案につきましては、省のほうでもたたき台の準備がございますので、そちらもぜひご検討願えれば――」

「わかりました」

本当はよくわかったような、わからないような。そんな内心を隠して得意の営業スマイルで直人が応じると、そこで佐竹の視線はふたたび木佐貫に戻された。

「で、先輩。今日はこれから？」

「ああ、このあとは議員と昼食だが――よかったら、佐竹君も同席するかい？」

「いえ。議員もご一緒なら、それはやはりお邪魔でしょうし……またの機会に」

にわかに意気消沈したようすを滲ませて、それでも唇に微笑をよぎらせる。と、佐竹は直人に目礼をくれて、その場を離れていった。

取り残された直人はといえば、なんだか釈然《しゃくぜん》としない気分である。

「……なんだったの、あのひと。つまりはオレ抜きで木佐貫さんとメシ、食いたかったわけ？」

「彼は私の大学の後輩なんですよ。顔を合わせたのもひさびさだったので、つい旧交を温めたい気に駆られたのでしょう。しかし議員がご一緒では、昔話に花を咲かせる、というわけにもいきませんからね」

「ふぅん……東大閥、ってやつね」

霞が関村の住人は、東大にあらずんばひとにあらず――というのは、永田町界隈でもよく耳にする話だ。そうした排他的、特権的な意識も下敷きにして、どうやら一発でボンクラと知れた議員当人にはゴマ擦り無用、むしろ同窓の秘書とねんごろになっておくほうが得策だ、と断じられたのかもしれない。

いや、それだけじゃない。いまの佐竹のあの態度は、なんだかまるで、女性が意中の相手に秋波を送っているみたいで……。

などと勘繰るのは、佐竹ではなくむしろ木佐貫の秘められた性癖を知ってしまったばかりゆえの、さすがに過ぎた邪推だろうか。

どちらにしても、なんだかおもしろくない気分に駆られながら、ともかく昼食を摂るために、木佐貫とともに会館内の地下にある食堂へと向かう。

「そうだ。ところでさ、木佐貫さん」

「なんでしょう？」

「ん、いまの勉強会のほうの話。なんかオレ、あんまピンとこなかったんだけど、いまの日本の子どもって、ほんとにみんな、そんなにビンボーなわけ？」

直人が抱いた素朴な疑問は、やはりあまりにも素朴でマヌケに近いものだったのか。木佐貫は、また嘆息のひとつでも洩らしたそうな気配をよぎらせる。

「そうですね。まず大前提として、ここ十年ほどのあいだ、日本の経済状況は地滑り的に悪化し続けています。格差社会、下流社会、ワーキングプア、といったキーワードで世相が語られることぐらいは、貴方もさすがにご存知でしょう？」

「うん。それぐらいは、ニュースなんかでもよく聞く話だから」

「社会全体が貧しくなれば、その影響は当然、子どもの生活にも直接に及びます。たとえば親が失業すれば、子どもの生活を支える費用も賄《まかな》えなくなるのは当然じゃありませんか」

「たしかに……そうだよね。けど、なんかびっくりだ。さっきの話でなんども出てきた相対的貧困状態って、つまりは生活保護受給者レベルってこと？　そういう子どもが、いま二十何万人もいるってわけ？」

「いまではなく、この三年間でそれだけの人数が増加したんです。十七歳以下の子どもの15・7パーセントといえば、つまり六人にひとりということです」

「……六人に、ひとり？」

「そうです。直人先生ご自身の子ども時代は、いまほど社会全体の経済状況は悪くなかったでしょう。それでも公立の学校なら、クラスにふたりや三人は必ずいたはずですよ。小学校から私立の名門校に通われて、いちどもその環境からお出になったことのない先生の場合、そういう子どもの存在が目に入ることもなかったのでしょうが」

「………」

若干の皮肉交じりにも思える木佐貫の言葉に、直人はしかし、言い返しようがなかった。

直人自身は小学校から都心の名門私立に入学し、そのままエスカレーター式で大学まで卒業してしまった、たぶん、超がつくレベルの温室育ちだ。身近な友人たちもみな、金持ちのドラ息子のたぐいばかり。貧しい家庭の子どもなど目にしたこともないだろう——と言われれば、まさにそのとおりなのである。

「たしかに数字の羅列《られつ》をお聞きになってもなかなかピンとこないかもしれませんね。しかし国政レベルでの立法云々、という話になると、マスの数字の提示が不可欠なんです。具体的なケースの提示にとどまって、それはあくまで個別の事例だろう、という結論が引き出されてしまっては、法制化はできないわけですから」

「うん。それはそうだろうけど」

応じながら、直人はどこかもどかしさを感じていた。

事実だとしたら、それは驚くべき数字に思える。が、温室育ちの直人には、どうにも実感としてつかめない。

「ただ、もしも先生がご自身でこの問題に取り組まれるに当たって、体感的に実態をお知りになりたいのであれば、それはそれで方策はありますよ」

「……どうやって？」

方策――と言われても具体的にはイメージできなくて、直人はきょとんと聞き返す。

「長野の地元区に、お父様が支援なさっていた児童養護施設があるんです。よろしければ、この週末にでも訪問の手配をいたしましょう」

木佐貫は、うっすらと含み笑いをよぎらせながら請け負った。

＊

新宿駅から朝九時台の特急あずさ号に乗り込んで、およそ二時間。中央本線の茅野《ちの》駅で下車すると、そこからは木佐貫が運転するレンタカーでの移動になった。

もともと父の健人の地盤があって、それを継いで直人が出馬した選挙区でもある長野第4区は、県下の南信《なんしん》地方、ちょうど諏訪湖《すわこ》をぐるりと囲む一帯だ。

父の代から選挙がらみでは「地元」、「地元」と呼びならわしているが、調布の自宅で育ち、学校も都内で通った直人にとって、この地域は個人的な意味での地元とは言いにくい。ただし、健人の郷里ではあったから、子どものころから夏休みや冬休みの帰省で慣れ親しんできた。冬場は雪遊びやスキーに出かけ、夏には諏訪湖の花火大会が楽しみだった、思い出に満ちた愛着のある土地だ。

そんな懐かしい気持ちを胸に、南アルプスの青い山並みを目指す方向で国道を走った。そして、そろそろ市郊外に差しかかった住宅地の一角に、目当ての児童養護施設、風花《かざばな》寮はあった。

ここからもうすこし山のほうに入っていくと、古くからの別荘地でもある蓼科《たてしな》高原にたどり着く。冬の寒さは厳しいけれど、自然の林や田畑に囲まれたのどかな好環境だ。

施設の入口に当たる門扉《もんぴ》の前で、木佐貫がインターフォンのチャイムを鳴らす。まもなく呼ばれて出てきたのは、こぐまの模様のアップリケがついたエプロンをかけた、ふっくらとした中年女性。

「まあまあ、こんにちは、木佐貫さん。それに、山本先生——直人先生も、ようこそおいでくださいました」

「どうも、初めまして」

とっさに応じてしまってから、直人は自分で小首を傾《かし》げた。

彼女が惜しげもなく振りまく笑みと、やさしい声音。どこかでそれに覚えがあるのではないか。

「……かな。それとも……？」

あやふやな記憶を頼りに問い返してみると、彼女はしみじみと目を細めてうなずいた。

「先生とお目にかかるのは、これで三度目ぐらいになりますでしょうか。と、申しましても、先日の健人先生のご葬儀と、それに選挙事務所でもチラッとご挨拶させていただいた程度でしたが」

「そうでしたか。それは失礼いたしました」

「いいえ、そんな。お葬式のときも、選挙中もお忙しくていらしたし、いつも大勢のひとが出入りしていましたもの」

私、小河《おがわ》と申します。そう名乗った彼女は、ここ風花寮の所長を務めているという。

東京で行われた健人の葬儀に所長の小河がわざわざ足を運んでくれたのも、施設に対する健人の支援に恩義を感じていたためだろう。

とにかく、どうぞなかへ。そううながされて、直人たちは彼女の先導でさっそく施設へと向かった。

施設は小さな中庭を囲んだコの字型の三階建てで、まず通されたのは、一階の南側にある二十畳ほどのカーペット敷きの部屋だった。

応接室のようなものではない。同じ部屋の一隅で、やはりアップリケつきのエプロン姿の保育士が、三、四人の幼児の相手をしていた。子どもたちは、木製の大きな積み木でなにか見立て遊びをしているようだ。

こんにちは——と、直人が声をかけた。

パッと顔を上げてにこにこ挨拶を返してくる子もいれば、遊びに夢中で振り向きもしない子もいる。スーツ姿の見知らぬ来客に怯《おび》えたのか、慌てて保育士の膝によじ登ろうとする子もいる。

「この寮では一歳児から高校を卒業する前の十八歳児まで、現在は合わせて二十八名の子どもが生活しています。ここは、まだ幼稚園に通う前の子どもの寮内保育室に使っているお部屋ですね。今日は土曜日なので、平日は幼稚園に通っている子どもも一緒に遊んでおりますが」

子どものようすを眺める直人のかたわらから、寮長が説明を始めてくれる。

「向こうの棟には食堂とリビングルーム、それに調理場や寮母室があります。二階と三階が子どもたちの個室で、お風呂やトイレもそれぞれの階についています。そちらはあとでご案内しましょうね」

と、部屋の一隅に置かれたテーブルを示して、直人たちに着座をうながす。

ふだんは子どもたちが使っているものなのだろう。テーブルは、角のないビーンズ型のロータイプだ。その前には、円形のフロアクッションが並べられている。

直人は木佐貫をかたわらに、小河と差し向かいになる位置に腰を降ろした。

「さっそくですが、小河先生――」

と、木佐貫が改めて話を切り出す。

「今日うかがいましたのは、健人先生が支援されていたこちらの施設を直人先生にもご覧いただきたかったこともありますが、それともうひとつ。懸案の『子どもの貧困対策法案』につきまして、直人先生は、やはり健人先生のご遺志を継がれて施策を推し進められたいお考えです。そこで昨今の子どもたちが置かれた状況を、選挙区である南信の状況も踏まえてお教え願れば、と思いまして」

「そうでしたか、それはそれは」

ふくよかな頬をほころばせ、小河は木佐貫から直人へと目を移してくる。

「先生のようにお若い政治家の方が、お力を注いでくださるのは、本当に心強いことです。子どもの貧困は、国レベルでの対策なしではどうにも解決できない問題にまちがいありません。ぜひにでも、推し進めていただければ、と」

まっすぐに注がれる視線に込められた、言葉どおりの真摯《しんし》な期待。直人はそれを汲《く》み取って、たんなる見学者では済まされない、自分の立ち位置を思い起こさせられる。

「あ、はい。僕も駆け出しの議員で、まだまだこれから勉強しながらこの問題について考えていきたい段階なんです。子どもの福祉の現場におられる先生のお話をうかがえるのは貴重な機会なので、どうぞよろしくお願いします」

けど――と、そこで素で感じていた疑問を挟んだ。

「あの……こうした施設を運営されていても、やっぱり子どもの貧困というのは現在の大きな問題だ、とお感じになりますか？」

「ええ、それは非常に」

こっくりと、小河はやや強いしぐさでうなずいた。

「うちのような施設に入所してくる子どもたちも、昔とはちがって、両親ともに亡くなっている、いわゆる孤児は多くありません。親から遺棄《いき》されて身寄りがない、といったケースもまれになっています。それよりもこの十数年で非常に増えているのが、やはり虐待のケースです。それと、親御さんの健康状態に問題があって養育が困難になる――ことに鬱《うつ》ですとかの心身症を抱えて子どもの面倒が見られないケースも増えています。どちらにしても、親がいながら家庭での子どもの養育が困難になるケースの背景には、ほとんどの場合、貧困の要因が存在していますから」

「なるほど……」

「長野は全国的に見ても暮らしやすい、経済的にも恵まれた県とされています。それでも失業や、低賃金の非正規雇用で働かざるを得ないケースは年々増える一方です。特にひとり親で子どもを育てている家庭の困窮ぶりは、私たちのような仕事をしているとどうしようもなく目につきます。そうした場合に、この南信地方には山間部がありますでしょう？　交通の便が悪かったり、相談の窓口が近くになかったり、という事情から、大変な状況にある親御さんがますます孤立してしまう、という――」

穏やかな、しかしもの思わしげな調子で説明が続けられていた、そのときだ。

バタバタバタッ、と廊下を駆けてくる足音が響いた。かと思うと、続いてさらに派手な音を立てて保育室の引き戸が開けられる。

「センセー、できたよ！」

戸口で意気揚々《ようよう》と宣言したのは、ひょろりと痩《や》せたジャージ姿の少年だ。たぶん、小学校の高学年か中学校に上がったぐらい。そのかたわらにはもう少し背の小さい、こちらもジャージ姿の三つ編みの少女。

ふたりとも、手には宿題かなにからしい薄手の冊子を抱えている。

またバタバタッと部屋を横切ってこちらにやって来ると、ふたりはそれぞれ、抱えてきた冊子を小河の前に突き出した。

来客との会話を中断させられたことを咎《とが》めるわけでもなく、小河はそれを笑顔で受け取る。

「ふたりとも、ずいぶん早くできたじゃない。集中してがんばったのね。先生、いまお客さんとお話し中だから、丸つけはちょっと待っててもらっていい？」

がんばった――という褒《ほ》め言葉が添えられていたせいだろう。少年と少女はどちらもちょっと嬉しそうに、納得したようすでうなずいた。

おとなの客に対しては、特に興味もないようだ。直人と木佐貫にはほんのチラリと視線をくれただけで、そのまま、きびすを返して戻っていく。

テーブルの上に残されたのは、表紙にアニメ風のキャラクターがガッツポーズを取るイラストが添えられた算数の問題集。一冊は九九の、一冊は百マス計算の練習用らしい。

戸口から出ていくふたりの背中を見送って、直人がつい、いぶかしい表情をよぎらせてしまったのを、小河は目ざとく察知していたようだ。

「いまの子たちは兄妹で、お兄ちゃんのほうが中学二年生、妹は中学一年生なんですけどね。ふたりとも、小学校レベルの算数の計算ができていないんですよ。算数だけじゃなくて、もちろん国語の漢字だったり、理科や社会科なんかも、全然。おかげで学校の授業についていけないので、いま慌てて特訓中なんです」

「あの子たち……じゃあ、施設に入るまでは学校に通っていなかったんですか？」

「いえ。お兄ちゃんは、とにかく通うだけは通っていて、でも宿題もなにもしたことがなかったみたいで。妹のほうは、クラスでいじめに遭って、小学校の高学年では不登校が続いていたそうです」

いじめ、そして不登校。そんな深刻なキーワードに、直人の眉《まゆ》がかき曇る。

「そういう状況だったのは……やっぱり、家庭になにか問題が？」

「問題――というとしたら、それこそ貧困の問題です。あの子たちはひとり親家庭で育っていますが、お母さん、昼は建設会社の事務職、夜は二十四時間営業のスーパーのレジ係をかけ持ちして、それでどうにか子どもたちを育てていたんです。だから、家にいて子どもの面倒を見てあげる時間はまったくなかった。朝晩の食事も、子どもたち自身が用意していたようです。こちらに入所することになったのは、過労が祟《たた》ったんでしょうね。お母さんが肝炎で倒れて入院してしまったためでした」

「じゃあつまり、お母さん以外にあの子たちの面倒を見たり、支えてくれるような人はいなかったんですね？」

「そう。ひとり親家庭でも、たとえばおじいちゃん、おばあちゃんからのサポートがあったりすれば、状況は格段によくなります。ですが、あの兄妹のお母さんの場合は未婚のまま出産して、それ以来、ご実家とは絶縁状態になってしまったそうで……」

「………」

淡々と語られる兄妹の家庭背景は、もしかすると、施設に入所してくる子どもとしては、ごくありふれた、類型的なものなのかもしれない。が、そうした子どもたちと初めてじかに接した直人としては、ずしりと胸が重くなる。

「いまの兄妹のお母さんはいわゆるシングルマザーですけれど、いますごく多いのが、離婚によって生じるひとり親家庭です。離婚の場合でも、もとの配偶者から充分な養育費を得られるケースはむしろまれなんです。シングルマザーの場合と同じに、ひとりしかいない親の収入が家計を支えるほかはありません。そして収入を得るために親が仕事に忙殺されれば、程度の差はあれ、どうしたって子どもの養育は行き届かなくなりますから」

その極端な帰結が、つまりはいまの兄妹のケースなわけか。

どうしようもなく行き届かなかった養育、親からのケア。それを示すようにかなり痩せ気味で、年齢にしては背丈も小さいほうなのだろう、ふたりの姿……。

フッと、視線の先で積み木遊びを続ける子どもの様子が目に留まって、直人は膝を起こして座を立った。子どものほうに近寄っていき、改めて腰をかがめて目線を合わせる。

「ね、なにして遊んでるの？」

声をかけた相手は、先ほど部屋に入ってきたときに、笑って挨拶を返してくれた子どもだ。積み木で作った壁の前に赤ん坊の人形を置いて遊んでいたその子どもは、こくんとうなずき、「おままごとだよ」と答えた。

「赤ちゃんは、いまごはんをもらっておなかいっぱいだから、こんどは絵本を読んであげるんだ」

「そうなんだ、よかったね」

「うん」

「ねえ、教えてくれる？　いまさ、ここで暮らしてる毎日は、楽しい？」

「楽しいよ。先生はやさしいし、おもちゃもたくさんあるし」

「ごはんはおいしい？」

「おいしい！　おやつもおいしいよ。ときどききらいなお野菜も出るけど、ちゃんとがんばって食べてるんだ」

「そっか、えらいね。…じゃあさ、いまここで君に足りないものって、なに？」

直人がその質問を投げかけたのは、健人が行ってきたという、施設への支援の継続を考えるためだった。

根本的な問題の解決を図《はか》るためには、たしかに今後、体系的な政策が必須なのかもしれない。しかしそれが即時に実現できるものではないだろうことは、自分のような駆け出しのボンクラ議員にもさすがに推測がつく。

なので、とりあえずいまできることを——と考えたのだ。

が、すこし悩んだようすを見せたその子からやがて返ってきた答えは、直人にとっては思いがけないものだった。

「……お母さん」

「——え？」

「ボクね、お母さんが足りないの。早く家に帰って、お母さんと一緒に暮らしたい」

大きく瞳を瞠《みは》ったひどく真剣なおももちで、ねだるように訴えてくる。その子に対して、直人には即座に返せる言葉がなかった。

反射的に、テーブルからこちらを見守っていた小河を振り返る。

小河から寄こされたのは、どこかにほんのすこし、苦いものの混じる笑みだ。

「直人先生は、ここの子たちに昔と同じことをお聞きになるんですね」

「……昔、ですか？」

小河の言葉の脈絡《みゃくらく》を汲みかねて、けげんに問い返す。

「もうご記憶にはないようですね。じつは直人先生が風花寮にいらしたのは、今回が初めてじゃない

んですよ。ご自身もまだ子どもでいらしたころ。この寮がいまの建物に建て替わる前のことでしたけれど、健人先生に連れられてお訪ねくださっていますから」

「それって……ほんとですか？」

「本当ですとも。私のほうは、とてもよく覚えていますよ。あのころから本当にかわいくて、そしてお名前のとおりに素直でやさしい坊やでいらした」

しみじみと、そして懐かしそうに目を細めながら、小河は直人が過去、この施設を訪れたという折の小さなひとこまを語り始めた。

（そのころのこの寮は、古い民家を利用した、設備もまったく不充分な施設でした。特に困っていたのは、冬の寒さ。毎年、子どもたちがつぎつぎに熱を出してしまうような状況で……）

（そんな窮状を陳情からお知りになって、視察にいらしてくださったのが健人先生でした。ちょうど冬休みで、学校がお休み中の坊やもお連れになって）

（同じ年頃の子どもが暮らす寮の貧しくて不便な状況に、坊やはとてもショックを受けていらしたようでした。そして、お父さまにおっしゃったの。お父さん、国会議員ならなんとかしてあげてよ——って。健人先生がこちらの施設にお力添えくださることをお決めになったのは、坊やのそのひと言にお気持ちを動かされたせいだったそうですよ）

(ですから、直人先生。貴方はもうずっと昔から、この施設にとっては大切な、大切な恩人でいらっしゃるんです)


「――知ってたの、木佐貫さん？」

特急列車のグリーン車内に席を占めると、列車はまもなく上諏訪《かみすわ》の駅から滑り出した。

風花寮での視察を終えたあと。直人たちは、その足で茅野のとなりの上諏訪駅からほど近い地元出張所にまわって、二、三組の後援者との面談を行った。その後は地元事務所を任せている第一秘書の杉浦《すぎうら》との打ち合わせ。そして、また後援者を交えての会食。

そんな日程をこなして、トンボ帰りで東京に戻ろうというところだ。

席に収まるなり事務所で受け取ってきた書類を取り出し、チェックにかかり始めていた木佐貫は、レンズの下の瞳をけげんそうに直人に向けてくる。

「なんのお話ですか？」

「だからさ、さっき小河さんから聞かされた話だよ。オレが子どものころ、父さんと一緒に風花寮に行ったことがあった――って」

直人自身はすっかり忘れていて思い出しもしなかった、風花寮訪問のエピソード。しかし木佐貫は、それを、じつはあらかじめ知っていたのではないか？　知りながらあえて伝えずにいて、あんなふうに、現場で小河の口から耳に入るようにと仕向けたのではなかったか？

そう、ふと感じたのは、現在の直人からすると、とうてい、らしからぬその過去のエピソードに、彼がなんのリアクションも示さなかったためだ。

直人の直観的な推測は、どうやら図星だったらしい。引き結んだままの唇に薄い笑みをよぎらせて、木佐貫はちいさくうなずいた。

「知っていましたよ。健人先生のお供であの施設にうかがうたびに、何度も聞かされるお話でしたから」

「……何度、も？」

「ええ。いつも必ず『親バカは承知だけどね』と前置きされて。『でもさ、うちのドラ息子にもそういう性根《しょうね》のやさしいところがあるんだよ』、とおっしゃっていました」

「…………」

直人自身は聞くことのなかった——もう決して聞くことのできない、息子に対する亡父の思い。伝え聞かされたその言葉に、さすがにジン、と胸が熱くなる。

「風花寮だけではありませんよ。先生はご多忙のあいまをぬって、子どものころの貴方をずいぶんいろいろな現場にお連れになっていたようです。まったく、ご記憶にありませんか？」

「うん……そういえば、夏休みの国会見学なんかはなんどか行ってて覚えてるけど。ほら、父さんが議員だからって、友だちの親から連れてってほしい、って頼まれるんだよ。長野に帰省したときに、父さんの仕事につき合わされて遊びに行けなかった……みたいな記憶もあるかもしれない」

「でしょう？」

「けど父さんは、忙しくていつも留守にしている印象だったから。学校の父親参観はいつも欠席だったし、運動会の親子競技も出てもらったことなかったし。オレの子ども時代は、母さんが、それこそ『うちは母子家庭だから』って、よく冗談で言ってたぐらい」

「実際の母子家庭がどんなものか、お聞きになってきたところでしょう？　父親が不在がちでとはいっても、そのぶんいつも母親と過ごしている――なんて、さっきの子どもたちからしたら、よほどうらやましい状況ですよ」

「……そうだね、ほんとだ」

子どもというものは、親や周囲の人間から与えられたものは当然のこととして受け流す。そして与えられなかった、足りなかったものだけを、なにか瑕《きず》めいた記憶として心に残してしまうものなのだろうか？

客観的に、どう見ても恵まれた家庭、恵まれた環境のなかでぬくぬくと生い育った直人自身でさえ、そうなのだ。だとしたら、現実として多くの不足、多くの欠落を抱えた子どもの心には、いったいどれだけの瑕を残されるものなのか。

その痛みを思うと、なんだかやるせない気分になってくる。

「私もね、いつもうらやましいと思っていましたよ。お父上が貴方のことをお話しになるのを聞くたびに。父親というのは、息子に対してこんな感情を抱くものなのか、と——」

ふと投げかけられた言葉に、直人はなにか引っかかりめいたものを覚えて問い返す。

「……木佐貫さん、お父さんは？」

木佐貫は、小さく首を横に振った。

「ひとり親家庭の困窮というのは、私にとっては当事者問題ですから」

「え……？」

さらりと応じた淡々としたおもざしを、直人は改めてまじまじと見直さずにはいられない。

木佐貫が、実家で母と妹の三人暮らしをしていることは知っていた。最初に健人と知り合ったきっかけからして、彼がもともとこの問題に関心を寄せていたことも明らかだったはずだ。

にもかかわらず、そこから彼自身もいわゆる母子家庭で育ったのだ——という認識は、やはり導き出せずにいたのである。

「ごめん……全然気づいてなかった。やっぱオレ、ニブいよね。けど木佐貫さんって東大出だしさ。超エリート、ってイメージだったから」

「おっしゃるとおり、母子家庭出身の東大卒業者というのはたしかに珍しいかもしれません。一般的な東大生の家庭背景は、おそらく貴方が卒業された私大とほぼ変わりないでしょう。父親の職業は医者、弁護士、官僚、大手企業の重役──といった」

「だよね。東大生の親の平均年収は一千五百万円──とかさ。オレもニュースで見たことあるよ。東大に入るまでには、塾代とかすごくかかるだろうからね」

「ですから正直、私はいわゆる苦学というのを経験した、いまどき珍しい人間だと思います。母の年収は、私の高校時代で二百万円ほどでした。それで妹と私と二人暮らしだったから、予備校にも通いず、参考書を買う金もなかった」

「すごい……よね。それで現役合格できたんだ」

「なにしろ経済的な事情で進学するなら国立以外の選択肢はなかったし、浪人する金もなかったので、ただ必死でしたよ。高校の担任が目をかけてくれて、学校に見本で集まる参考書やらなにやらを横流ししてくれたり、といったサポートはありましたが。とにかくそれやこれやで、貧困家庭の子どもに対しては国の救済策が不可欠だ、という状況は身に沁《し》みて感じます」

「そっ……か」

なんだか急に複雑な心地に駆られながら、直人は上目遣いに木佐貫をうかがう。

「あのさ、木佐貫さん。木佐貫さんは、もしかしたらオレなんかにも腹立ってたり、する？」

「なぜですか？」

問い返されて、さらに悄然《しょうぜん》とこうべが垂れた。

「ん……だから、オレみたいなボンクラが、だよ？　父さんの子だってだけで、のうのうといい環境で育って、なんの苦労もなしにそこそこの学校卒業して。あげくの果てに、そんな能力全然ないのに国会議員に納まって、木佐貫さんみたいな人を秘書に使う立場だなんて、さ。これ逆じゃないか、とか思わない？」

「……いえ、それは……」

「木佐貫さんから読んどけって渡された資料のなかに、『子どもの貧困』って、ズバリのタイトルの本があったじゃない。ほら、新書版のわりと薄いやつ。あのなかに、子どもの格差の問題を不公平な駆けっこにたとえてる話が出てきたよね。覚えてる？」

「ええ、ありましたね」

直人が引き合いに出した書籍の記述は、どうやら木佐貫の記憶にも残っていたようだ。

いわく、生まれつき足が速い子どもでも、百メートル競走をするのにほかの子たちより五十メートルもうしろにスタート地点を定められたとしたら、勝てるはずはない。反対に、優位なスタート地点から走り始めた子どもは、本来はたいした能力がなくても一等、二等のごほうびをもらえることになる。

現代の日本は資本主義社会、競争社会だ。だから格差はあって当然、という考え方もあるだろう。

しかし、子どもが置かれる生育環境の格差とは、たとえばこのおかしな徒競走のように正当な競争を阻害するものだ。本来は能力を有する子どもが振り落とされて、平凡な能力の子どもが上に立たされる。そうした構造は、結果的に、社会全体にとっての人的資源の大きな損失を招く——。

「あのたとえ話に当てはめると、さ。オレの場合は木佐貫さんとは反対に、いつも五十メートル前からスタートさせてもらってた子どもだよね。べつに足が速いわけでもなきゃ、すごくがんばったってわけでもないのに、結局、いいゴールに行きついちゃう。そんな調子で、いまや国会議員の代議士先生……とかさ」

そうだった。

直人はたぶん、いつもいつも、それがなかなか勝ち取れない旗であることにさえ気がつかないまま、一等賞を持たせられてポカンとゴールに立っている子どもだった。その旗が欲しくて、自分がそれにふさわしい子どもなのだと自負し、努力した末に勝ち取ったものではないのだから、立派な旗もべつに嬉しくも誇らしくもなかった。

党からの要請を断り切れずに父の地盤を継いで選挙に出馬、当選し、支援者や関係者に取り囲まれて派手やかな万歳三唱を受けた。しかしあの称賛《しょうさん》も、議員としての今後の活躍への期待を込めた激励も、本当は自分ではなく木佐貫のような人間が受けるべきものだったのではないか。

いや実際、父の健人の念頭には、じつの息子である直人を自身の後継に据える意向はまったくなかった。

ひとり息子の直人が知人や支援者などの前に顔を出すと、「いずれは息子さんも政界へ？」といった話がしばしば持ち出されたものだ。そんな折、父はいつも「いや、この子には向きませんから」と流していた。

家のなかでも「直人に政治家は不向きだろう」と言い続け、母もそれに笑ってうなずくのがつねだった。

もし仮に、議席を退くに当たって、諸般の手はずや段取りを整えるだけの余裕が父自身にあったとしたら。自身の後継として彼が名指しで選んだのは、キャリアや能力、そして関心を寄せる政策課題などからしても、それこそこの木佐貫あたりではなかったのか。

親が築いた地盤、看板、鞄に乗っかって、めざす政策テーマも国民の代弁者たる自覚もないまま、ただいたずらに「先生」の立場に奉《たてまつ》られる。自分のようなボンクラ二世議員は、じつのところ、永田町では珍しくもない存在だ。今期の衆議院議員の場合でも、じつに四割に及ぶメンツが政治家二世、三世なのだと聞く。

だから、日本の政治がダメになる。国民の生活にとって必要な施策も行き届かない。

そうではなくて、国民の生活にとって必要な施策を作り、行き届かせ、みんながしあわせに暮らしていけるよう国を動かしていくことが、政治にかかわる者の仕事であるはずなのに…。

急に忸怩《じくじ》たる心地に浸され消沈した直人の内心は、そのわかりやすい表情を差し向かいで見守る木佐貫には、もしかすると透けて見えるようだったのかもしれない。ふだんは気真面目に引き結ばれているることの多いその唇に、うっすらと苦笑めいたものがよぎる。

「そうですね。事実として、貴方はさまざまなものを与えられてきた。銀のスプーンをくわえて生まれてきた、とでもいうのでしょうか？　貴方はどうやらバカを自認しておられるようですが、貴方が学ばれた学校でなら、どれだけ劣等生でも、中学で九九ができていない、などということはなかったでしょう？」

「……ん、たしかにそうだね」

直人が九九を習ったのは、小学校の、二年生のときだったか。

九九に限ったことではなく、各教科とも、基本的事項の習熟については、教師が学期中に全生徒にマスターさせるよう、気を配っていたと思う。プリントや、でなければ口頭でのテストが繰り返し行われ、不出来な生徒には補習が用意された。もちろん、家庭にも連絡が行った。

学年が上がれば、成績の振るわない生徒は、たいてい家庭教師がつけられていた。直人自身もご多分に洩れず、何年にも亘《わた》って家庭教師の世話になったものだ。

先ほど、颪花寮で会った兄妹の姿を思い出す。

彼らにしたって、もしもそんなふうに手厚い教育を受けていたとしたら、いまのあの年齢で九九だったり、小学校の漢字がマスターできなかったわけはない。

「でしょう？　貴方のご両親や、貴方を取り巻く周囲の方々は、貴方が将来、社会の――それも上辺の一員として生きていくのに困らないだけの知識やスキルを、手を尽くしてお与えになった。そのことは自覚なさるべきかと思います。ですが――」

と、木佐貫はいったん言葉を切って、そしてふたたび口を開く。

「格差の問題は、是正されるべき部分も多々あるとは思います。ですが、困窮家庭に育った子どもがハンデを負っているのがその子ども自身のせいではないように、恵まれた環境に生まれた子どもがその恩恵を享受して育つことも、その子ども自身が搾取《さくしゅ》しているわけではない。問題は、不公平が連鎖的に再生産されていくシステムそれ自体でしょう」

「ん……だと思う」

うなずいて、キユッと唇を嚙み締めた。

たしかにいま、直人が目の当たりにし、自身の生育環境を引き比べて感じたのは、『不公平が連鎖的に再生産されていくシステム』だ。

「それでは、貴方はどうなさいますか？」

「え。どう……って？」

「お忘れですか？　不公平な状況下に置かれて子どもたちが辛い思いをしている状況はまちがってい

る。そうお感じになったとき、社会に対して憤《いきどお》ることしかできない一般の市民とは、貴方は立場がちがいます。子どもたちのために、本気でどうにかしたいと思われるなら、貴方には大きな武器がある。それが、その議員バッジではありませんか？」

木佐貫の右手がつと上がり、直人のスーツの襟元《えりもと》を指差す。そこに鎮座する、赤紫のモールで取り囲まれた金バッジ。

バッジを指差しながら自分を見つめる木佐貫の瞳の底に、ある種の熱のようなものが宿っているのを直人は感じた。

それはつまり、そう指摘されるまで国会に議席を持つ議員である自分の立場さえ忘れかけているようなボンクラな「先生」に対する憤りなのか。それとも……。

その晩、ふたりが議員宿舎に戻ったのは、十時をまわったころだったろうか。

居室に着くと、木佐貫はうがいと手洗いのために洗面所へ。直人のほうはキッチンで手を洗って、またギネスの缶を取り出した。

そしてリビングのソファに陣取ったところで、洗面所から出てきた木佐貫がまっすぐこちらにやって来る。

「日曜の明日は朝が遅く、余裕がありますので、今夜はこちらの処理をさせていただきます」

ソファの足元にかがみ込むと、例によってビジネスライクに断って、スラックスのファスナーに手をかけた。

「あ……ちょっ、待って、木佐貫さん」

「――なんですか？」

今夜も直人を口に含み、慰《なぐさ》め始めようとしたその肩を、すこし慌てて押し返す。直人の下肢に手をかけたまま、木佐貫はけげんなおももちだ。

「うん。だから……」

初めての晩のあとすでにもういちど、つまりこれまでに二度、木佐貫からこの性的な『管理業務』を受けていた。

相手が男でも、ましてや木佐貫でも、気持ちよければそれでＯＫ――としてしまうのは、我ながら無節操に過ぎないか？　そう、自分で突っ込みを入れながら、彼のあまりに巧みな技巧と与えられる快楽とに流されて、この前も結局、身を委ねてしまったのだ。

が、今夜はなぜだか、奇妙なためらいを拭えない。

「だから…今日はなんか、そんな気分になれないっていうか…。そもそもこれ、セクハラっぽいってか、職権濫用《らんよう》みたいでどうも、さ」

なんとか言葉を探してためらう理由を伝えようとした直人に、木佐貫は、レンズの下の瞳をふと細める。

「貴方のその、短絡的でお人柄のいいところ。個人的には好ましく思っていますよ」

いまさらながらの直人の困惑ぶりが、今夜、列車内で交わした会話によって引き出されたものだと いうことを、彼はあっさり察したのだろう。

その言葉をストレートに好意の表現として受け止めていいのか。それともやはり単純さを揶揄《やゆ》されているだけなのか。

直人が判断に苦しんでいるうちに、木佐貫は床についていた膝を起こしてソファの座面に乗り上げ、上から覆いかぶさってきた。

「ですが、私がこんなふうに貴方に触れるのは、じつは私の側の性的欲求を満たすためでもあって、そこに都合よく貴方を利用しているんじゃないか、とはお感じにならないのですか？」

「へ？　だって、木佐貫さんのほうはべつにいい思いしてないじゃない」

これまでの交渉は、二度とも木佐貫が口を使って直人を逐《い》かせてくれただけで終わっている。彼の側の性的欲求が満たされるような行為は特になかったはずだ。

けげんに問い返した直人に対し、フッと、微苦笑の気配がよぎる。

「でしたら――」

左右の頬に、軽いキスが落ちてきた。と、木佐貫の唇は無防備な首筋に移り、耳朶《じだ》を甘噛みする。

そうしながら、彼は自分のスラックスの前を開いて、下着のなかから性器を取り出した。

直人の性器ともみ合わせるようにして、同時にやわらかく刺激する。

「こんなやり方はいかがですか？　これだったら、私のほうでも一緒に楽しませていただける」

「え……あ。ん、んん……」

承諾の返事というよりは、下肢からせり上がってくる快楽に突き動かされて洩れる、あえぎに近い声だった。

手指と性器とに挟まれる形で与えられるその刺激は、いつものように、熱く湿った口中に含まれるのに比べれば、ずっと乾いてマスターベーションに近い感触だ。が、引き寄せられるように目を落としてその状況を視界に入れると、ふいにトクンと心臓が撥《は》ねた。

桜色に火照《ほて》り始めた直人自身のものに添う、ひとまわり大きく赤みが濃く、すこし紫がかった木佐貫の性器。それが直人のものと一緒に擦られて、雁首《かりくび》のくびれまでもはっきりと見てとれるほどに熱く、硬くなり始めている。

木佐貫が、勃起《ぼっき》している。直人だけでなく、彼のほうでも欲情している。

いつもの乾いた口調。眼鏡の下の醒めたまなざし。それでも性器ははっきりと興奮状態を示していて、それが直人の劣情を煽《あお》った。

口先では男の身体に欲情すると言っていた木佐貫だが、こうしてそのさまを目の当たりにするのは初めてだ。木佐貫は、本当に男の身体に――直人の肉体に欲情するのだ。

安堵《あんど》に似た思いと、逆に不安定な惑乱《わくらん》とが、なにか甘酸っぱいようにして胸の底から湧き起こる。

このやり方なら、たしかに一方的な奉仕を受けているわけじゃない。だがしかし、こんなやり方をしてしまっていいのだろうか、とも思う。

こんなやり方をしてしまったら、直人の下半身の状況を彼が合理的、かつ安全に管理し、調整するという『業務』の域を、そろそろ越えてしまうんじゃないか？

それともこれを、まるでセックスのような――と感じるのは、直人の側の一方的な錯覚に過ぎないのか？

「あ……き、木佐貫さ……」

自分の唇から洩れる、甘えたようなかすれ声。両腕が、無意識のうちに彼の腰にまわっていた。

逐情は、ほとんど同時にやって来た。

ふたつの性器からどくどくと溢《あふ》れ、そして混ざり合う、あたたかな白濁。快感にわななく直人の唇を、木佐貫の唇がふいにしっとりと塞《ふさ》いでくる。

もちろん、いままでキスなんてされたことはなかった。思ってもみなかったその行為に、直人は瞬時、目を瞠る。

が、視線で驚きを訴えるまもなく、逸《はや》った舌が唇に押し込まれてきた。情動に突き動かされたような熱い舌が口中をかきまわす。

熱く淫らなくちづけに巻き込まれ、その意味を推し量ることも忘れて、直人もただ夢中でそれに応えていた。

3

午後イチから本会議が行われる火曜日は、たいてい、昼食の時間がタイトになる。

この日も朝の党本部での会議のあと、午前中にふた組の陳情者がやって来て、終了したのが正午を十五分ほどまわったころ。会議定刻の二十分前には事務所を出て議事堂に向かうので、直人のランチタイムは正味二十五分を切りそうだった。

「先生。お弁当、買ってありますからね」

応接室のドア口で陳情者を見送って、ホッとひと息ついたところへ、空の盆を手にして事務室口から入ってきた林莉子に告げられた。

「あ、ありがと。今日はなに？」

来客に出した茶碗を片づけ、ダスターでテーブルを拭き出していた彼女に尋ねる。

「はい、ガパオと生春巻きのエスニック弁当ですよ。日比谷《ひびや》公園に出てるワゴン車販売まで、ひとっ走りしてきました」

「お、それいいね。美味《うま》そう」

今日のようなスケジュールだと、こんなふうに、木佐貫からの指示を受けた莉子が昼食の調達に走ってくれるのだ。会議の席やフンイミーティングなどでは、たいてい、ごく定番の幕の内弁当が出されるので、それ以外の昼にちょっと目先の変わった弁当が食べられるのは単純に嬉しかった。

莉子のうしろからいそいそと事務室に出ていき、打ち合わせ用ソファ席で待機する。室内に、ほかの秘書たちの姿はない。壁のホワイトボードを確認すると、木佐貫は資料準備で国会図書館に行っていて、大野は外へ昼食に出たようだ。

と、直人の前に丸皿型の弁当容器とマグカップに淹《い》れられたインスタントスープが供された。

「私もご一緒していいですか？」

小首をかしげて尋ねられ、添えられた箸を割りながら「もちろん」と気安く応じる。ただし、時間的に彼女を待っている余裕はない。

キルティング地のランチバッグ持参で莉子が差し向かいに移動してきたときには、直人はもう弁当に箸をつけ始めていた。

「あれ？　莉子ちゃんのお弁当、ちっちゃいね」

テーブルの上に取り出されたプラスティック製の容器を目にするなり、つい、口に出して言ってしまった。蓋が取られた容器のなかには、海苔《のり》で巻かれたおにぎりひとつとブロッコリーにプチトマト、そして鶏の照焼きが二、三切れ。

「わたし、いまダイエット中なんですよ」

色白で丸みを帯びた莉子の頬が、恥ずかしそうな桜色に染まる。

「えっ、なんで？　莉子ちゃん、ダイエットなんて必要ないじゃん」

「そんなことないです。地元にいたころはそんなに感じなかったけど、東京のひとたちって、みなさんすごくスタイルよくて、わたしはおデブだな、って気づかせられちゃったから。それに、こっちにいると雑誌に出てるようなお洋服がすぐに買えるじゃないですか。すてきに着こなすためには、やっぱりスマートじゃないと」

莉子はもともと、直人の後援会長を務める長野の企業の社長令嬢だ。地元の短大に通い、卒業後は就職もせず自宅にいたのを、直人の当選を期に私設秘書として送り込まれてきた。

初めての東京暮らしが始まって、いまショッピングが楽しい時期なのも見ていればわかる。たしかに連日、それこそお嬢さん向けのファッション雑誌にでも載っていそうな服をとっかえひっかえにして出勤してくる。

「――事務所の仕事はどう？　もうだいぶ慣れた？」

この所内で秘書たちを実際に統括しているのは、木佐貫だ。が、直人もいちおう、名義の上では彼女の上司の立場になる。せっかくふたりで話をするこのチャンスに、ちょっとはらしい質問もしておかなければならない。

「そうですね。わたしもお勤めは初めてなので、まだまだ慣れなくて。失敗も、いろいろしちゃってます。だから、木佐貫さんに叱《しか》られてばっかりで」

「そっか。木佐貫さん、厳しいからね。けど、もしあんまりキツいこと言われて辛くなっちゃったら、教えてよね。新米で叱られてばっかなのはオレも一緒だけど、これでも立場的には『先生』だからさ」

軽く笑って直人が言うと、莉子もつられてちいさく笑う。

「ありがとうございます。でも、大丈夫ですよ。木佐貫さんのご指導は厳しいけど、不当なことはおっしゃらないし、ついていてすごく勉強になる気がします」

「うん。ま、それはそうかな」

「木佐貫さんて、やっぱりほんとに優秀ですよね。それに、すごくお仕事熱心だな、って。学生のころも、全然遊んだりしてないんじゃありませんか？　大学時代はずっと家庭教師のアルバイトをしてらしたって聞きましたけど、それで司法試験の受験も成功なさってるんだから、やっぱりすごい」

「………」

手にした箸の先に目を落とすようにした彼女の頬が、またうっすら桜色になっていた。

木佐貫の見解にしたがえば、この子が秘書として送り込まれてきたのは、議員である直人との婚活目的だったはずだ。なのに彼女の関心は、どうやらいま、この場に不在の木佐貫に集中しているようではないか。もしかすると、彼女がダイエットを志《こころざ》した動機のひとつに、職場で毎日顔を合わせるあの男の存在もあるのだろうか？

直人が自分しか聞かされていない、と勝手に思い込んでいた学生時代の苦労話が、彼女の耳にも入っていたことも予想外だ。

もやもやとなにか妙な心地が湧いてくるのを覚えながら、改めて差し向かいの彼女を眺めやる。かわいいよな、この子――と、思う。たしかにちょっとふんわり丸い印象はあるけれど、それはそれで、女性らしい柔らかい魅力になっている。

その評価はしかし、男子のはしくれとして、なにか鼻の下でも伸ばしたくなるような感覚に基づくものではまったくなかった。

もしかして、莉子ちゃん、木佐貫さんみたいな男がタイプ？　軽口めかして尋ねてみようかとも、一瞬、思った。が、言葉が口から出なかった。その問いかけに肯定を意味するリアクションが返ってきたら、どうしていいか困ってしまうから。

けど、あのひとはゲイだから――。忠告めかしてそんな秘密を暴露することは、なにをどうまちがえたってするわけにはいかない。だから彼に気があるのかもしれない莉子に対して、自分の優位を表明することもできないのだ。

……ってか。優位って、それ、なんなんだよ？

自分で自分に突っ込みを入れて、直人は水に濡れた犬のように頭を振る。

「そっか……でも、莉子ちゃんさ。木佐貫さんから、オレとの婚活目的で東京に送り込まれてきたって思われてるよ。そのへん、誤解だったら解いといたほうがいいんじゃない？」

「あ、やだ。うちの父、先生になにかおかしなこと言ってたんですか？」

「いや……さ、そうじゃないけど、あ。もう時間だ。弁当、食べきれなかったよ。ごめんね」

「とんでもないです」

まいったな…と、なんだかそう思いながら、直人は事務室のソファを立ちあがった。


衆議院第一、第二、そして参議院と合わせて三棟ある議員会館は、都道を挟んで国会議事堂とすぐとなりのブロックに建っている。各会館と議事堂は、それぞれ地下通路で連絡してもいる。

本会議や各委員会などに出席する際、議員たちは雨にも濡れず、風に飛ばされることもなく事務所と議事堂とを行き来できるわけだ。

「やあ、直人君――」

オレンジ色のカーペットがひたすら続く通路を議事堂方向へと歩いていた直人の背後から、聞き覚えのある美声が呼びかけてきた。振り返ると、後方から、今日も仕立てのよさそうなスリーピースに恰幅のいい体軀《たいく》を詰め込んだ灰原議員がやって来るところだ。

衆議院の本会議を控えた火曜の昼過ぎだ。同じ議場に向かう代議士同士、この通路で行き会うのは、ありがちなことだと言えるだろう。

「どうかね、調子は」

足を止めて待ち受けた直人のかたわらにたどり着き、灰原は、刻み込まれた表情じわをさらに深くして笑ってみせる。直人の側から返すのも、もちろん、満面の営業用スマイルだ。

「はい、おかげさまで勉強、勉強の毎日です」

「それはなによりだ。新人議員のうちは日々是《これ》勉強、でないとな。そういえば、君、なにか福祉政策関連の超党派議連に参加したそうじゃないか」

「あ、はい。さっそくお耳に入りましたか。『子どもの貧困』対策法案についての議連です。僕の最初の国会質問も、この問題を取り上げる方向でいま準備中でして」

灰原に応じる直人の声には、もしかすると、すこしだけ勢い込んだものが滲んでいたかもしれない。茅野の風花寮を実地調査で訪ねて以降、直人は予定されている国会質問に向けて、資料の読み込みに身を入れて取り組み始めていた。おかげでいまならこのテーマに関して突っ込んだ質問をされたとしても、それなりに自分の言葉で答えられる。そんな自信もつき始めていたところだ。

が、灰原がこの話題を振ってきた意図は、またべつのところにあったようだ。

「子どもの貧困問題、ね。それはつまり、厚労省関連の福祉法案じゃないか。と、いうことは、やはり君のところのあの政策秘書の入れ知恵なのか？」

やけにネガティブな含みをはらんだその物言いが引っかかって、直人はちいさく眉根を曇らせる。

「いえ、あの。そちらについては、父が在任中から議連代表の佐々木《ささき》先生とご一緒に取り組ませていただいていて、それを僕が引き継いだ流れだったんですが……」

「まあ、そうなのかね。しかし、あの木佐貫とかいう秘書は、お父上の在任中から厚労省の役人とズブズブらしいじゃないか」

厚労省の、役人。そう言われてとっさに脳裏に浮かんだのは、先日の勉強会の席で紹介された若手官僚の女性じみた美貌だ。

彼――佐竹郁生と木佐貫とが大学の先輩後輩の関係にあることは、直人もあの場で聞かされていた。たしかに同窓同士、それなりの親近感を抱いているようすにちがいなかったが……。

「省の裏金で接待を受けているとか、そういう話までは知らんがね。しかし、君も気をつけたほうがいい。あの秘書は、信用ならんよ。つぎの選挙での君と自分の首のすげ替えを狙っているのはまちがいない。役人のほうでも、その考えが念頭にあるから秘書ごときと親密なつき合いをしているんだろう」

並んで通路を進みながら、灰原は、周囲の耳を気に懸けもしないようすで話を続ける。

「君もね、懐刀《ふところがたな》の政策秘書が信用に値しないのは気の毒だが。はっきり言って、永田町ではよくある話だよ。政治家秘書なんぞという仕事は、先々自分が議席にありつくことを狙ってでもいなけりゃ、とても務まらないからね」

「そう……なんでしょうか？　僕としては、木佐貫には選挙以来、いろいろな面でよく働いてもらっていると思っていますが」

「それはよく働きはするし、優秀にもちがいないだろう。しかし、それを自分に対する忠義と受け取るのはお人よしが過ぎるな。あの木佐貫という男も、本来は健人議員の地盤を自分が譲り受ける気でいたのが、予定外にオヤジさんが急死した。こうなると準備不足、根まわし不足で今回の選挙での出馬は無理筋だ。それでしかたなく、いったん、息子の君にバトンを渡して、次回の禅譲《ぜんじょう》を狙っておるんだろう」

「…………」

今日、この通路で行き会ったのはたまたまにしても、灰原にとっては、件《くだん》の秘書が同行していない絶好のタイミングだったのだろう。口角に泡を飛ばしそうな勢いでまくし立てられて、直人としては、どう反応したものか困惑するしかない。

「そんな讒言《ざんげん》をいきなり吹き込まれても信用できない——といった顔つきだな。それもそうだろう。君も議員になったばかりで、永田町の流儀も考え方もまだまだ手探り状態なのだからな。しかし、君のような初心《うぶ》な若者がこの世界の魑魅魍魎どもに骨までしゃぶりつくされようとしている状況は、僕としては正直、見かねるんだよ。一種の親心とでもいうものかな？　お父上との交流もあったことだし、僭越《せんえつ》ながら、大先輩として助言差し上げられることは多々ありそうな気がするのでね」

「……はあ」

「また改めて、じっくり話ができる席を設けよう。こちらから連絡するよ。事務所でなく、君の携帯にじかに連絡差し上げてもかまわないかな？」

灰原と直人のふたりは、そこでちょうど、通路の終点になるガラスの自動扉の前に至っていた。ドアの前で足を止め、自分の携帯を取り出してみせた灰原に対し、ここでその意向を拒絶するような対応はとりづらかった。しかたなく、口頭で自分の携帯番号を告げ、灰原の電話機に登録されるのに任せる。

自動ドアを抜け、議事堂側のエリアに入ったところで、灰原は軽く手を振ってかたわらを離れていった。向かう場所は同じ本会議場にちがいなかったが、並んで入場するのは避けよう、という意図だろう。

その意を汲んで直人は歩みを緩め、てきとうな距離ができたところで議事堂に足を踏み入れた。最新のデザインと機能とを誇る議員会館とは対照的な、旧態依然《きゅうたいいぜん》のクラシック建築。初登庁の日の迷子騒ぎ以降、直人もさすがに議事堂内の必須ルートはしっかり頭に叩き込んでいた。赤いカーペットが敷き込まれた大理石の階段を昇って、南翼の二階にある衆議院議場にたどり着く。

単独与党である民友党の議員が占めるのは、議長席から向かって左端に始まり、中央部分を超えるあたりまでのブロックだ。直人の席は、ちょうど議場のほぼ中央に当たるあたりの、しかも最前列である。

緻密《ちみつ》な草花文様のビロードが貼られた豪奢《ごうしゃ》な議員椅子に収まって、白字で自分の名前が書かれた漆《うるし》塗《ぬ》りの名札を立てる。

議院席、閣僚席が順に埋まっていき、演台の下に設けられた速記者席にも担当官が入った。そこでほどなく、議長と副議長とが入場してきた。

着座した議長が卓上のマイクに向かって重々しく開会を宣言し、今日の本会議がスタートする。

組閣が終わり内閣のメンツが固まったばかりのこの日の議題は、新首相による施政方針演説だった。


――さて、我が国の財政状況の逼迫《ひっぱく》具合はご承知置きのとおりでありまして、やはりここは、正念場として政治力が問われるところです。


さすがにこなれて力強く発せられる新首相の演説の声が、なんだか渇《かわ》いた砂がこぼれ落ちるようにして直人の耳を素どおりしていく。

事務所で国会中継をチェックしている木佐貫が、あとでくわしい分析を示してくれるはずだが、にしても閣議に出席しながら首相の所信表明を聞き流すなど、議員失格の態度だろう。

――真に国民に益《えき》する政治をめざすべく、我々は死力を尽くし、確固とした目標を見定め、国民のみなさんと痛みを分かち合い――。

　いまだに耳に馴染みのない言いまわしのなかから、税金、国民生活、公務員、といったそんなキーワードが断片的に耳に飛び込んでくる。いやでも連想させられるのは、かの厚労省の若手エリート官僚だ。そしてさらには、彼と同窓の縁でつながる、直人自身の政策秘書。

　そうなのだ。直人の頭のなかにはいま、先ほど灰原からご注進を受けたあの話が、コーヒーかなにかの澱《おり》のようにしてべっとりとこびりついている。

　灰原が、あんな話をいきなり吹聴《ふいちょう》してきた意図はよくわからない。わからないが、とうてい、鵜呑《うの》みにするべきではないだろう。が、指摘された内容自体は、直人自身、これまでにもどこかでずっと疑問に思ってきたことだ。

　木佐貫ほどの男が、どうして自分なんかの秘書をやっているのか――?

　もともと父の政策秘書だった彼が、直人に対して、弔い選挙の出馬を要請してきた。そのまま彼に選挙対策事務所の采配を委ねて、当選後は、当然の成り行きで政策秘書に選任した。直人にはほかに当てがあったわけではないし、おそらく彼以上の適任者はいなかったろう、とも思う。

　しかし、議席そのものや地元の地盤、あるいは事務所の備品といった、ほかにさまざま父から継いだ有形無形のしろものとは話がちがう。ひとりの人間である木佐貫には、彼自身の損得勘定や腹積もりがあるのは当然だ。

もともと、政治家秘書というのは、とても特殊でかつ不安定な職業だ。

なにしろ任期満了や解散となれば、待っているのは選挙である。選挙は水物だ。どれほど堅いと評されている候補でも、風向き次第であっさり落選の憂き目は避けられない。

そして落選すれば、議員ともども秘書も職を失うのだ。どの業界でも終身雇用制がグラついてきている時代とはいえ、数年スパンで当落未定の試練にさらされる、ここまで不安定な職はあまりないで、その不安定さを補塡《ほてん》するだけのメリットがあるのかといえば、議員秘書の給与はもっとも高い政策秘書で年収六百万円台。いわゆる公務員一般職の平均と同じぐらいだ。公務員の安定度と引き比べれば、これだけではやはり割が合うとはいいがたい。

つまるところ、政治家秘書の職も、たとえば良家のお嬢さんの婚活目的であったり、花嫁修業時代の腰かけ仕事にはいいかもしれない。でなければ社会勉強と政界での人脈作りを兼ねて、企業の御曹司などが送り込まれてくるのも似たケースといえるだろう。

それ以外では、やはり自身に政界進出への意欲があって、いずれ選挙に打って出るまでのステップとして秘書職に就くケースがもっとも一般的なのではないか。

ときにはプロ秘書とでも呼ぶべき、永田町の黒衣歴三十年――といった人間がいないでもない。が、彼らは政党や派閥に深く喰い込み、奉職していた議員が落選すれば、またほかの議員の事務所に移るのだ。生涯、一議員に身を捧げるケースはむしろまれ。「オヤジさん」の秘密を守るために自殺した秘書なんて、まずもって稀有《けう》な存在だったと言える。

ことに、望めばほかにいくらでも高条件の仕事の口がかかりそうな木佐貫に、そうした献身を望むのはほとんど酷《こく》というものだ。父の健人ならまだしも、自分が決してそんな器ではないことは、直人自身もとっくに承知の上なのだ。

木佐貫にとっての自分は、やはり灰原から指摘されたとおり、彼自身がつぎに選挙に出るときまでのつなぎ、地盤の維持の装置と考えるのが自然だろう。直人のようなボンクラのタナボタ代議士は、それにはたしかに適任だ。仮に代議士自身が有能で、かつ国政に対して継続的に意欲のある人間だとしたら、つぎの選挙で議席を禅譲させることはできないのだから——。

ハタからあえて指摘されるまでもなく、とっくに推測できていてよかったはずの話の脈絡に、だがどうして、こんな動揺を覚えてしまうのか？

なにをいまさら、ずっしりと沈み込むような心地に駆られる……のか？

虎《とら》ノ門《もん》にある老舗《しにせ》ホテルで開かれた民友党議員のパーティーに顔を出したあと、直人が赤坂の宿舎に戻ったのは、午後九時ごろ。この日は午後の本会議以降、べつべつのスケジュールで動いていた木佐貫は、その時点ではまだ戻ってきていなかった。

そして、ようやく部屋のチャイムが鳴らされたのは、そろそろ深夜の零時に近い時分。

現状、ほぼ宿舎に居続けの生活を送っている木佐貫には、もちろん入館用のカードキーを預けてある。それでも先に戻っている直人に帰宅を告げるために、階下でインターフォンを鳴らしたのだろう。

室内から応答すると、モニタに映し出されたのは、案の定、直人がよく知る端正なポーカーフェイスだ。

『ただいま戻りました。遅くなりまして――』

いかにもかしこまった調子のその挨拶に、言葉は返さずオートロックを解除する。と、一、二分の間を挟んで、二十二階のこの部屋の鍵が開く音がした。

「――まだお休みではなかったんですね」

リビングと廊下を隔《へだ》てるドアが開いて、そこから乾いた声が降ってきた。直人はソファの背もたれ越しに、ぼんやりとそちらを振り仰ぐ。

上着を脱ぎネクタイを緩めただけで、着替えも済ませていない格好に、木佐貫の目が眇《すが》めるようにされる。

「お帰りになったばかりだったんですか？　今夜は奈良岡《ならおか》先生のパーティーのあと、ご予定はありませんでしたよね」

「帰ってきたのは九時ごろかな。それから、ついボーッとしてた。木佐貫さんのほうこそ、今夜は遅かったじゃない」

事務所を出る前、横目にしてきたスケジュールボードへの書き込みによると、晩以降の木佐貫の予定は「打ち合わせ・直帰」となっていた。

直人のほうのスケジュールは逐一、彼に把握《はあく》されていても、予定を組む立場ではないこちらが、秘書の行動をこまかく知っておく必要はない。ましてや、本来の定時を過ぎて以降の時間帯の話だ。ボードの記載が曖昧《あいまい》だったのも、もしかすると、半分はプライベートな用事だったためなのか。あえてそれを詮索《せんさく》するのは、直人の立場では越権行為に当たるぐらいかもしれない。

それでも、つい気に懸《か》かった。相手や行き先を曖昧にして、彼はいったい、どこで、だれと、なんの打ち合わせをしていたのか？

インターフォンのモニタ上ではわからなかったが、木佐貫は、どうやら珍しく酒が入っているようにも見える。

「今夜は厚労省の担当官と会っていたんです。この機会に膝づめでじっくり話をして、つぎの国会質問に関してや、議案にまつわる今後の展望についても打ち合わせすることができました」

「厚労省って、佐竹……さん？」

「ええ、そうです。ご記憶ですか？　議連の勉強会の席でご紹介した、あの彼です」

あっさりと認めた木佐貫に、だが直人は一瞬、なにか目の前が眩むような心地になる。

「あのひとと、わざわざオレがいないところでなに話してきたの？　こんな、何時間も」

「……直人先生？」

「ボンクラ議員は抜きのほうが、そりゃ話は進むだろうし、盛り上がりもしたろうけどさ。それとも、あれ？　つぎの選挙で木佐貫さんが晴れて議員になってからの展望でも、あのひととなかよく語り合ってたの？」

その執拗《しつよう》な問いかけに、木佐貫は眉根を曇らせ、ソファの前のテーブルに視線を走らせた。

直人のほうこそ酒を過ごしているのか、と思われたのだろう。が、卓上に置かれたタンブラーのビールはほとんど飲み残したまま、もう泡も消えて、すっかりぬるくなってしまっている。

「どうなさったんですか、先生。今夜はおかしいですよ？」

ふだんは飄々《ひょうひょう》としてひたすら軽い性格の直人が、突然、やけに険呑に絡んできたのだ。木佐貫も困惑を禁じ得なかったにちがいない。

たしかに自分でも、なぜこんな言い方をしているのかわからなかった。

灰原から吹聴された讒言など、右から左へ聞き流すべきだとわかっていたはずだ。いや、あの讒言になかばは心当たりを感じたのだとしても、その疑念をそのまま木佐貫にぶつけるなんて、下手クソ極まりないやり方ではないか。

なのに、言葉が止まらない。これではまるで、夫の浮気を疑う妄想系の嫉妬《しっと》妻のようだ。

「それもさ、もしかして……ベッドのなかで、とか？」

やめろよ。ヤバい。バカげてるって。

自分の声が、頭のなかで慌てて警告していた。にもかかわらず、その下衆《げす》な邪推は止まらず口からこぼれ出てしまう。

「な…にを。私と佐竹のことを、そういうふうに疑ってらしたんですか？」

木佐貫が、さすがに啞然《あぜん》と問い返してきたのももっともだろう。

なにしろ、邪推というならまさしく邪推以外のなにものでもないのだ。

木佐貫は、自身の性癖を直人に対して明かしている。だからといって、彼が知己《ちき》にある男すべてとそういう関係を持っているのか、と疑うのはどうかしている。

佐竹についても、後輩だ——と、ほんのちらりと紹介されただけなのだ。あの場で直人が知り得たのは、ふたりが食事をともにする程度には親しい間柄らしい、というぐらい。

それ以上の関係を勘繰るのは、我ながら、下衆としか評しようがない。

「私と食事をしたぐらいでそんな目を向けられては、佐竹が気の毒です。彼は、あの女顔のせいでいろいろいやな思いをしてもいますから。なんにしても、彼とはなにもありませんよ。このあいだご紹介したとおり、大学のときの後輩で、彼が厚労省に入省したおかげで、健人先生の政策課題を介して再会した。本当にそれだけです」

ソファの前にまわり込んできた彼から真顔で諭《さと》されて、直人は返す言葉もなく唇を噛みしめる。たかば逆ギレめいて彼をねめ返していたその瞳を、木佐貫が、まじまじとのぞき込んできた。

「ですが先生は、私と佐竹のことを疑って……妬《や》いて、いらしたんですか？」

瞳の奥に沈む底意を探るかのように、上体をかしがせた木佐貫の顔が間近に迫ってくる。直人の頬に向かってつと伸ばされる、骨ばって長い彼の指先。

「さ、さわるなっ」

ほんの一瞬、触れた指先から電流が走りでもしたように、直人はとっさにその手を払いのけていた。

「妬くわけなんか、ないだろ!?　木佐貫さんとオレ、べつにそういう関係じゃないし。ううん……そういう関係っちゃ、ちょっとはあるかもしれないけど、それはたんに、秘書の管理業務の一環で。だから妬くとか妬かないとか、そんなこと――」

「いいから落ち着いてください、先生」

一瞬前、邪険に振り払われたばかりの手をふたたび伸ばし、木佐貫は、こんどは直人の両肩を捕らえる。直人は抗うまもなく、ソファの座面に乗り上げてきたその胸のなかに抱き取られていた。

「やだ、やだっ。離せよ。やめてくれ！」

「本当に――今日はいったいどうなさったんですか？　こんな先生は初めてだ。たった半日、おそばを離れただけで、こんな――」

「離せって、言ってんだろ?!」

木佐貫の腕からどうにか逃れ出ようと、直人はしゃにむに身をもがいた。両腕ごと捕らえられて動かすのはむずかしかったが、それでもこぶしを作って木佐貫の身体にぶつけもする。

もがけばもがくほど、直人を束縛する腕にはさらに強い力が込もった。

衣服越しに胸と胸とが密着して体温が伝わる。耳を嬲《なぶ》る、木佐貫の呼気。トワレやその他の香りをまとってはいない、彼自身の淡い体臭が鼻孔《びこう》をくすぐる。

「落ち着けって——こんなふうにされて、落ち着けるわけないんだって！ 逆に混乱するだけだよっ。管理業務とかなんとか、オレ、そういう感覚で割り切れないし！」

口にして、木佐貫にじかにぶつけて初めて、自分でもそうなのかもしれない——という気持ちが湧いてくる。

直人はたぶん、彼とのいまの奇妙な関係を、自身のなかでどうにも割り切れていないのだ。

彼の業務——むしろ直人に対する奉仕に近いのだろう性的な行為は、あきらかな快楽を与えてくれる。その快楽に流されて、ずるずるなされるがままになってきた。

が、触れられるごとに、触れ合うごとに、たぶん、心のなかには惑乱《わくらん》が溜まっていったのかもしれない。

木佐貫という男がわからない。

木佐貫の気持ちが、わからない。

議員としての自分は、今日の昼間、灰原から指摘されたとおりの存在なのだろう。つぎの選挙まで地盤を確保させるための、扱いやすい手ごろなつなぎ。そして議席につかせているあいだは、操り人形として踊《おど》らせるだけの便利な存在。

にもかかわらず、彼はなぜ、まるでかしずくように直人の足もとにひざまずき、性器に口をつけてくるのか？　混乱する直人を落ち着かせようとその腕に抱き取り、あたたかく抱き締めるのか？

これまでの直人の生活には、ごく短いスパンで訪れる遊びの恋愛や、一夜限りの関係がかなりの数、存在した。そうした相手との関係を割り切って考えられるほうかと問われたら、そうだと答えられただろう。自分でも、ベッドをともにした相手にことさら執着を抱くタイプではない、と思ってきた。たとえば職場の女性と関係を持っても、翌朝、素知らぬ顔で距離を保った冗談を交わすことができるような男だと。

が、木佐貫とのことは割り切れない。日を追うにつれて、混乱が溜まっていく。

どうしてだろう？

公務のあいだじゅう、そして宿舎に戻ってからもともに過ごす、あまりに密着した生活を続けているせいか？　それとも彼が自分と同性だから、逆にごくノーマルな、ありふれた遊びのひとつとして流せなくなっているのか？

ハッ――と脳裏に閃く思いに衝《つ》かれ、直人は木佐貫の腕のなかで、なかば無理やり顎をもたげた。

「まさかと思うけど、木佐貫さん――管理業務って、父さんにも同じこと、してたわけ？」

見上げた直人の視線を受け止め、とたん、木佐貫の表情が凍りつく。

「なにを……おっしゃっているんですか？」

「だって、管理業務なんだろう？　秘書として、議員に外でハメを外させないための予防策の。木佐貫さんの秘書としてのスキルは、全部父さんとの仕事で培《つちか》ったものじゃないか。それに、父さんもだんだん、実家にはほとんど戻ってなかったし――」

そうだった。

改めて思い起こしてみれば、平日、議員宿舎で寝泊まりしていたあいだ、父もこうして木佐貫と半同居状態だったはずだ。

当時は木佐貫の性癖など知るはずもなかったから、そんな突飛な疑いを抱くことはまったくなかった。「男性秘書と合宿状態じゃ、愛人騒動が起こる余地もなくていいよね」と、しばしば母と笑い合っていたものだ。もしかすると、「父さん、若い秘書にセクハラしたりしてないかな？」だなどと、まったく現実感のない冗談を口にしたことさえあったかもしれない。

が、事実として木佐貫が同性愛者であることを前提としたら、あの会話も冗談にはならなかったのではないか？　若干なりとも、現実味を帯びた疑念を差し挟む余地が出てきていたのではないか？

まさか、あの父が——とは思う。

しかし本来がストレートの直人には、ゲイの一般的な性行動や倫理観は、はかりしれないものがある。

たとえばふたりきりでひとつ屋根の下に寝泊まりする男女にまちがいが生じる余地が多々あるように、ゲイの男というのは、身近な男の肉体には自然と手を出してしまうものなのか。いや、一般化はできないにしても、少なくともこの男はそうなのか？

唐突に湧きおこった直人の疑念は、当人の口から言下に否定された。

「バカをおっしゃい。私が、健人先生と？　そんなこと、あるわけがないでしょう」

「だって、男の身体には欲情するって、そう言ったじゃないか」

「先生は、そういう対象ではありませんよ。私は先生を尊敬していましたし、そういう目を向けたことはありません」

木佐貫からの強い調子の弁明に、だが直人は逆に、なけなしのプライドをえぐられるような胸の痛みを覚えさせられる。

「じゃあ、どうしてオレのことはそういうふうに扱えるわけ？　父さんとちがってバカで軽くて。だから管理とか、まるで動物を去勢したり、かけ合わせたりするみたいに操ろうとするわけ？　なにもこんな真似しなくたって、オレどうせ、最初から木佐貫さんの傀儡《かいらい》だよ？　木佐貫さん抜きじゃ、議員としてやってけるはずないんだから」

「そんなことは……」

「なくないだろう？　オレみたいに尊敬もできないバカに、どうしてついてきてくれるのさ？　父さんへの恩返しとか、そういうつもり？　でなきゃやっぱり、つぎの選挙で自分が出馬するための便利なつなぎ?!」

もう言葉を選ぶことも忘れてひたすら問い質《ただ》し続けながら、ひどく感情が高ぶっていた。もしかすると、知らないうちに涙ぐんでもいたかもしれない。

おそらくそれを見てとったのだろう、愕然《がくぜん》と、木佐貫の表情がこわばる。

なにか告げたいことがあるように、彼はしばし、唇をわななかせていた。が、言葉は紡《つむ》がれないまま、胸のなかに呑み込まれたようだ。直人を捕らえていたその腕が、ふいに力を失って彼自身の脇に戻る。

木佐貫は目をつぶり、かぶりを振って直人から身体を離した。

「……申しわけありません。調子づいて、つい、公私混同に走った私の行動に問題がありました。おかげで貴方をすっかり混乱させてしまったようだ」

苦痛に耐えるようなおももちでそれだけ告げると、そのままソファから脚を降ろし、秘書用の寝室に入っていく。

彼がふたたびリビングに出てきたのは、一、二分後。乱れたスーツは整え直され、手には書類鞄と中型のボストンバッグとが提《さ》げられている。

「……どこ、行くの？」

宿舎に入居以来、ほとんど住みつくような状態であったにもかかわらず、木佐貫がこの部屋に持ち込んでいた私物はごく少ない。ボストンバッグひとつにまとめられたそれが、ここを出ていくしたくであることを見てとって、直人は茫然と問い返す。

「自宅に戻ります。しばらくは、私的な意味では距離を置かせていただいたほうがいいかと存じますので――」

「――え？」

いったい、どうしてそんな展開になるのか？

今夜は木佐貫をずいぶんと謗《そし》りはしたが、出ていけ、といった覚えはいちどもない。

しかし、まだ状況の変化を把握できずにいる直人を置き去りにし、木佐貫は、きびすを返して退室していった。

パタン……と、重たいドアが閉ざされる金属的な音。

4

地元の長野から東京へと戻る新幹線の車中で健人が倒れたとき、同行していたのは木佐貫だった。そのまま搬送《はんそう》された病院につき添って、母のいる実家と直人の携帯電話とに急を知らせてきたのも彼である。

以来、直人が木佐貫と顔を合わせていない日は一日もない。

国会議員として五期を務めた政治家である健人の死は、つまり「公人の死」であった。葬儀までの一連の動きのなか、身内の裁量で決められることなどほとんどない。葬儀委員長にはだれを据え、友人代表の挨拶はだれに頼むか――といったことはもちろん、斎場の選択から始まって、遺影のサイズや戒名《かいみょう》の格にまで党の意向が働いた。

したがって、そうしたさまざまな段取りにおいて采配を振るうことになったのは、やはり健人の秘書のなかでも筆頭格の木佐貫だった。

身内の代表としてお飾りの喪主《もしゅ》に据えられた直人はといえば、母と並んでひたすら挨拶を繰り返していただけだ。

いや――その喪主の座自体、本来なら選挙のたびに応援に駆り出され、政界関係者や支持者たちとそれなりに面識があった母が就くべきだったのだ。にもかかわらず、それまで健人の政治活動とはまったく無縁で来た長男の直人が引っ張り出されたのは、あとにして思えばハナから弔い選挙に担ぎ出したい腹積もりがあったためだろう。

つぎの選挙うんぬんについて、党から初めて正式な打診があったのは、連日の忌中行事も最初の節目を迎えた初七日の法要のあと。精進落としの席からそのまま、用意されていた別室に招かれて、党幹事長の宮越《みやこし》武《たけし》と選対委員長の前園秀樹《まえぞのひでき》から出馬を要請された。

亡き健人議員の後継者として、ご子息の君以上にふさわしい人材はいないのだから。老獪《ろうかい》な政治家ふたりからそう口説かれても、直人はその要請にうなずくつもりはなかった。

そうは言われても、政治のセの字も知らない自分が議員など無理だろう。父だって、息子に地盤を継がせる気持ちはなかったはずなのだし——。

恐縮しながら固辞する直人に対して、だが同席していた木佐貫が、いかにも真摯に請け負ったのだ。

(ご心配には及びません。政治に関する知識や経験なら、あとからでも充分ついてきます。私がおそばについて、全力でサポートさせていただきます。ですからどうぞ、健人先生のご遺志を継いでください)

座敷の畳に両手をついて、額を擦りつけるようにして自分に出馬を乞《こ》うた、あのときの彼。その気持ちは、正直、いまでもよくわからない。

彼のなかにあったのは、父健人への畏敬《いけい》の念と、そのひとり息子である自分への期待だったのか。

あるいは直人を代議士として担ぎ出すことで、今後の木佐貫自身になんらか利するところがあるという目算だったのか……。

開いた雪見障子の向こう側に、中庭の緑を淡く照らし出す石燈籠《いしどうろう》。こうべを垂れた鹿威《ししおど》しが、カン、と涼しい音を響かせる。

赤坂の、外堀通りを一本裏手に入った路地に建つ高級料亭のお座敷だ。

『楽苑《らくえん》』という店名は、戦前の文豪が名づけ親なのだという。にしてはたいしてひねりもない――とは思うものの、ロゴとしてそこここに使われているその筆跡は、なかなかいい味を醸《かも》している。

「さあさあ、直人君。まずは一献《いっこん》――」

水盤に季節の花を活けた床の間を背に、灰原が、上機嫌で酒器をかざしてきた。

この楽苑は加賀料理の看板を掲げる店で、床の間の五彩《ごさい》の水盤も、たぶん、古九谷《こくたに》かなにかなのだろう。

「はい、いただきます」

地に金箔を練り込んだガラスの冷酒杯を両手で捧げて、直人は酒が注がれるのを待つ。なみなみと注がれたところを口元に運び、クイッと一気に杯を干した。

「おっ、なかなかイケるクチのようだな。しかしまあ、そうかしこまらんでもいいだろう。そろそろ膝も崩したまえ。今夜はおたがい、胸襟《きょうきん》を開いて親交を深めよう、という席なんだから」

「ありがとうございます」

応じたとおり、これは正直にありがたい勧めにしたがって、座イスのなかで脚を胡坐《あぐら》に組み替えた。正座していたのはそんなに長い時間ではなかったが、もうジン…と足指が痺《しび》れている。

国会議事堂と議員会館を結ぶ地下通路で灰原と行き会い、乞われるままに携帯番号を教えてから、一週間ほどが過ぎた平日の晩だ。

あの場の口約束を実現するべく、灰原の秘書から電話があったのは、すぐ翌日。おたがい多忙な代議士同士、わざわざ料亭で席を設けようという灰原に、なんの下心もないはずはない。おそらくは前に木佐貫が指摘していたとおり、なんとかして直人を派閥に取り込みたい意図があるのだろう。

さすがにそう察しはしたものの、誘いへの対応には迷うところだった。

ともあれ政界の古狸《ふるだぬき》であるのはまちがいない灰原の傘下《さんか》に入るのか、否か。その選択は保留にして会食にだけ応じ、人間関係はつないでおいたほうがいいのか。それともここで即、体よく断っておかなければ、やはりあとあとしがらむものなのか。

直人はいままで、そうした判断のすべてを木佐貫に委ねてきた。正直、いまだに自分で正しい選択ができる自信はない。が、なにしろ木佐貫とはその前の晩、あんなふうにトラブったばかりだったのだ。

あの折、議員宿舎を出ていき自宅に戻った彼との関係は、以降、今日まで変わりがない。

日中の公務はおたがいよそよそしい態度を保ってこなし、夕方以降の予定のつき添いには、第二秘書の大野がつけられるようになった。木佐貫は、べつに義理がある会合にまわったり、事務所で残業をしたあと、実家に帰宅しているようだった。大野は直人を送るとやはり自宅に帰っていくため、宿舎ではひとりで過ごす日々が続いている。

結局のところ、今夜のことも木佐貫には最後まで伏せたまま、大野にだけ先輩代議士との会食がある旨を告げて出かけてきた。

灰原に対しては先方の話を聞くだけ聞いて、それに対するこちらの態度は保留にしてくればいいだろう――と踏んだのだ。

「ところで、直人君。派閥のほうは、結局どうするつもりだね？　君の人気ぶりなら、党内でもそれは引っ張りだこだろう？」

会席盆に並んだ先付けに箸を運びながら、灰原が、さっそく懸案の話題を持ち出してきた。親交を深めるための席――だなどと前置きしながら、やはり無駄話で時間を費やすつもりはないようだ。

が、直人の側にも、この件については答えの用意があった。

「そうですね。新人ですので、党内でどの派閥にも属さずに行くのは心許ないものですが、やはりまずは政策テーマが共通する先生の下で勉強させていただくのが穏当かな、と思っています」

「そうか、そうか。君の政策テーマというと、やはりあれか。片倉先生が議連の長を務める『子どもの貧困』の――」

「ええ、まあ……」

「しかし、あれはどうなのかね？　このあいだも立ち話ですこし言わせてもらったが、福祉テーマは元からあの腹黒秘書に押しつけられたものなのだろう？」

腹黒秘書――と頭から決めつけられた木佐貫の顔が、瞬時、直人の脳裏をよぎる。

彼には内緒で灰原とのこんな席に出てきてはいる。が、事実として木佐貫が腹黒なのか。自分にとっての獅子身中《しししんちゅう》の虫であるのかどうか？

ストレートに彼を信じてよいものか、迷いとわだかまりを抱きながら、それでも灰原の助言にしたがって、ばっさりと彼を切り棄《す》てる気にはなれないでいる。

すくなくとも、灰原が木佐貫を悪《あ》しざまに言い、彼に対する直人の信頼を揺さぶろうとしている意図は明白だ。木佐貫と切り離してしまいさえすれば、浅慮《せんりょ》かつもの知らずな直人ひとりを丸め込むのはたやすいのだから。

丸め込んで、利用して――いや、それが相手の本音だとしても、直人は直人で、灰原の意にしたがうことが自分の利になるかどうかを考えればいいのだろう。タヌキとキツネの化かし合い。魑魅魍魎の百鬼夜行。永田町ではそんな人間関係がデフォルトなのだ――と、そういえば、直人にそう教えてくれたのも木佐貫ではなかったか。

「いえ……秘書がというより、子どもの貧困問題は父が取り組んでいたテーマですから。それに僕もいま、にわかながら勉強を始めてみて、この問題は急ぎ解決していくべき課題だろうと――」

「いや。それはそうにちがいないが、日本の国力、経済力を取り戻すほうが先決じゃないのかな？　福祉に税金を投入する一方では、財政があっさり破綻する。君にはその視座が欠けてはいまいかね？」

「それはおっしゃるとおりです。さすが先生、ご炯眼《けいがん》でいらっしゃいますが――」

直人もこれで、局の広報部出身なのだ。たがいの意見や要求にズレがあろうがあるまいが、可能な部分ではとにかく相手を立てながら話を進める。そうした営業トークのノウハウは、ナチュラルに身についている。

かなりわかりやすいはずのそのお上手に、灰原は、まんざらでもなさげに相好を崩す。

「だいたい、子どもを育てるのにも困るような家庭というのは、結局、ひとり親が多いのだろう？　未婚の母だのシングルマザーだの、結局はふしだらな不倫女の成れの果てじゃないか。でなけりゃ、旦那と離婚した母親か？　子どもがいながら旦那と別れるなんてのは、やはりふしだらか、相当な生意気女かに決まっとる」

相好を崩し、そして調子づいてきもしたらしい灰原の言に、直人はきょとんと眼を瞠る。

「え……。ですが先生、シングルマザーにしろ離婚にしろ、そこに至る背景には個別にさまざまな事情があるのでは、と」

ひとり親家庭で子どもを育てる苦労を思ってみれば、だれだって、そう気安くそんな状況を選べるはずはない。たぶん、それぞれに相応の事情を抱え、悩んだ末に選んだ家族のありかたなのではないか？

それは、直人自身が施設の子どもたちとじかに接して感じたことだった。

が、灰原はしかし、直人のそんな戸惑いにはさらさら気づいていないようだ。

「個別もクソも、つまりは夫の稼ぎで満足できないとか、夫の浮気のひとつやふたつにも目をつぶれないとか、そんなもんだろう。でなけりゃ自分が外に男を作ったか、な。ＤＶだなんだとかいうのにしても、殴られる女にはそれなりの理由があるものだ。戦前の大和撫子《やまとなでしこ》のような性根を母親たちに取り戻させない限り、日本はとうてい、よくならんよ。子どもたちのためというなら、貧困救済よりも慎ましさや奥ゆかしさ、忍従《にんじゅう》の美徳といったものを教える女子の道徳教育が重要なんじゃないのか、長い目で見たら。いまどきいくら貧しいといっても、戦中戦後はもっと貧しかったじゃないか。飢《う》えて死ぬような子どもはおらんのだから、それ以上を国に面倒見てくれ、というのは贅沢だろう」

すいすいと飲みやすい大吟醸《だいぎんじょう》をもう何杯も流し込んでいるせいか、それとも直人のお上手にほいほい乗せられてしまったせいか。

ともあれ調子づいて開陳《かいちん》された灰原代議士のご高説に、茫然として言葉もない。

もともと灰原が保守派に分類される政治家であることは、直人もうっすら知ってはいた。が、ここまで封建主義的な、前時代的な思想の持ち主であるのは驚きだ。今日び、ここまで偏《かたよ》った思想を振りかざしながら国会議員が務まるのか。いや灰原もたしか、いま七期目。ということは、さすがにここまで封建臭プンプンの意見を公言してはマズい、と自重するぐらいの見識はあるわけか。

ともあれどうやらこちらが本音であるらしい灰原の意見に、直人としては、賛同できるはずもない。だれかを好きになれば、相手のすべてが欲しいという衝動に駆られるのは当然だろう。そして異性間でそういう関係を持てば、妊娠のリスクはどうしたってつきまとう。結婚しないで妊娠した子どもを、それでも出産しようと決意した女性がなぜ「ふしだら」なのか。

また、いちどは結婚した同士でも、いつか関係が壊れることはある。その結果としての離婚を選択した女性を、どうして生意気で身勝手だと決めつけられるのだろうか。直人には、正直ちっともわからない。

いや。百歩譲って、灰原の前時代的な恋愛観・結婚観を容認するとしよう。としても、そうした母親のもとで育てられる子供がハンデを負わされるのは当然——と帰結するのはいかがなものか。あきらかな差別志向ではないか。

あまり回転の早いほうではない頭でグルグル考え黙り込んでしまった直人を、また自説に感服しているのかと勘ちがいしたらしい。灰原は杯を片手に席を離れ、卓をまわって移動してきた。そして、直人のかたわらに腰を据える。

「まあ、堅い話はこれぐらいにして、今夜は楽しく飲もうじゃないか」

「は、はぁ……」

「とにかく君とぜひ腹を割った、胸襟を開いたつき合いを築いていきたいんだよ。せっかく男同士、いろいろお楽しみも分かち合って、だな」

ふふ……と、灰原の厚い唇から意味深な笑いが洩れた。

耳に吹きつけられる、酒の臭いのこもった息。間近に寄せられた、なにかねばりつくような思わせぶりなまなざし。さりげなく直人の肩にまわされる重たい腕。

まさか、こいつもゲイなのか？

かなり怖いそんな不安が、一瞬、直人の全身を総毛立たせた。が、それはさすがに杞憂《きゆう》だったらしい。

直人が思わず腰であとずさり、肩に載せた手が滑り落ちる。と、それを潮にしたように、灰原はパンパン、と手を打った。

その視線が向けられたとなりの部屋との間仕切りが、左右にスウッと開かれた。

襖が開いた向こう側は、数寄屋《すきや》造り風のこちらの座敷とは一転、いきなり隠微《いんび》な雰囲気の寝間になっていた。

金泥《こんでい》の壁に、緋色《ひいろ》の雪洞《ぼんぼり》。ぴったりとふた組並べて床に延べられた古風な花柄の布団。そのあからさまな舞台設定の前には、襖を開き終えてちんまりと正座し直し、畳に三つ指ついた女性がふたり。

しかもそのいでたちが、ひとりは黒のベビードール、ひとりはピンクの長じゅばん。生地はどちらも安っぽいシースルーときている。すくなくとも、赤坂界隈のまっとうな芸者衆でないことは一目瞭《いちもくりょう》然《ぜん》だ。

「こんばんはぁ。楽しいご宴席のお手伝いにまいりました？」

甲高い声をハモらせ挨拶すると、ふたりの女性は一緒に立ち上がり、座敷のほうに入ってきた。尻ひとつ分、直人のかたわらから灰原がよけ、女性たちは直人を両側から挟み込む格好で座を占める。

「あらヤダ、まだ全然お飲みになってないのね。さあ、どうぞどうぞ」

「ここまではむずかしいお仕事のお話がおありだったのよね。だからお楽しみタイムは、こ、れ、か、ら――」

ふたりがかりで直人に杯を取らせ、酒を注ぐ。シースルーの布越しに乳首まで透けて見える豊満な胸を、両側から直人の身体にぐいぐい押しつけてくる。

酒や料理の風味などおかまいなしの、麝香《じゃこう》系のきつい香水。皮膚にべったり塗り込められたファンデーションと、瞬きするたびバサバサと音を立てるつけまつげ。

やっぱりプロだ。それも、かなりヤバい系統の。

「君の女性の好みのタイプがわからなかったものでね、かわいい系ときれい系を呼んでおいた。好きなほうを選んでかまわんよ。なんなら両手に花で、３Ｐの趣向もオツかもしれないが」

クッ、クッ、と灰原の喉の奥から下卑《げび》た笑いが押し出される。

日本女性の奥ゆかしさがどうの、と言っていた舌の根も乾かぬうちの灰原のセリフに、直人は心底うんざりさせられる。

そして、いくらかかっているのかは知らないが、こんなふうにプロの女性をあてがおうとする目的は明白だ。

灰原は、直人の弱みを握ろうとしている。下手をしたら、となりの寝間には隠しカメラのひとつも仕込まれているかもしれない。

「申し訳ありません、灰原先生。せっかくのお気遣いですが、この手のご接待はお受けするわけにはいきませんので」

女性たちの攻勢をなんとかかわそうと身をよじりながら、直人は必死に訴えた。

「なに硬いことを言っとる。君も若いし、独身だし、女が嫌いなクチでもないんだろう？　遠慮はいらんよ」

「いや、遠慮じゃないです。本当に困ります」

「いいから、据え膳食わぬは武士の恥だと心得なさい。年長者の厚意は受けるものだ」

「いえ、冗談じゃなく本当に。これがご厚意だとおっしゃるなら、すみませんが、オレは先生のご方針についていくのはやっぱり無理ですから」

必死に訴え続けながら、直人の脳裏によぎっていたのは、たぶん、木佐貫のおもかげだ。

灰原というこの古狸は、政治家としてのキャリアや党内での地位にもかかわらず、とうてい、手を組むに値する相手ではなかった。そんなことは、初登院の初日に挨拶まわりのリストから彼を外した時点で、木佐貫には自明だったのだ。

なのに、そんな男の誘いに、自分はうかうかと乗ってきてしまった。

いや。それどころか、以前の自分だったとしたら、こうしていま供された「据え膳」にも、さして疑念は抱かなかったのではないか？

商売のお姉さんとの交渉にはとくに興味がなかったし、あまり趣味でもないかとは思っても、これがおとなの世界のつき合いだからと説かれたら、あっさり言いくるめられていたかもしれない。「これが永田町の常識なのか」と、たやすく罠に引っかかっていたかもしれない。

固辞の姿勢を崩そうとせず、ついには決裂の意向まで示した直人に対して、灰原の瞳に険呑な光が閃めく。

「なんだと？　こんな場所で、子どもじみた正義感を振りかざすつもりなのか？　しかしそんなことでは、この世界でやってはいけんよ。夜の政治というものは、こうやって動いていることを君も覚えたほうがいい。だいいち、駆け出しの一年生議員が大先輩に盾突《たてつ》いて、立場が悪くなることもわからないのか」

……結局、そこに行き着くか。

あきらかな恫喝《どうかつ》をはらんだその言葉に、直人は最後の自制心が吹き飛ぶのを感じた。

「かまいませんよ。こんなことで逆に悪くなるような立場、オレには必要ありませんから！」

畳に手をついて腰を上げ、立ち上がりながらなかばキレ気味に叫んだ、そのときだった。

「そのとおりです、直人先生！」

こんどは出入口側の襖がガッと開け放たれ、同時に聞き覚えのある声が飛び込んできた。その場の視線が、一斉《いっせい》にそちらに集まる。

「木佐貫さん……ど、して……？」

たぶん、いまのいままで自分が頭のなかに思い浮かべ、呼びかけてもいた彼が、いきなりその場に現れたのだ。信じがたく目を瞠るしかない直人に対し、木佐貫は、安堵をうながすように微笑みかける。

そしてその笑みに、直人のなかにはたしかに安堵と、さらにはなにか希望めいたものが湧いてくる。

「なんだ、君はいきなり。し、失敬《しっけい》じゃないか」

予期せぬ人物の登場に、慌てたのは灰原だ。

下着姿の女性のそばを離れ、畳の上を尻であとずさりながら、それでも口ぶりだけは居丈高《いたけだか》に保とうとする。そんな彼に、木佐貫から冷ややかな視線が投げられた。

「失敬なのはどちらでしょう。いくらなんでも、うちの先生がここまで下品なハニートラップに引っかかるとお思いになったのですか？」

「ハニートラップ？　なんのことだ。僕はただ、若く血気盛んな議員を心尽くしでもてなしてやろう、と――」

「お気持ちばかりのおもてなしにしては、ずいぶんと費用がかかり過ぎではありませんか？　さしずめ、そちらの寝室には隠しカメラのひとつでも仕込まれたのでしょうし」

「な、なにを証拠に――?!」

「いえいえ、合目的なご準備そのものを謗るつもりはありませんよ。なにせ私のほうでも、いまのやり取りは襖の陰からこちらで録音させていただいていますから」

手のなかに握った黒いＩＣレコーダをかざしてみせて、木佐貫は、意地悪く唇の端を吊り上げた。

「これをおもて沙汰にされてマズいのは、さて、直人先生でしょうか。それとも灰原先生のほうでいらっしゃるか。たしか先生の奥様は、ご実家が女性解放運動の支援者としてお力を尽くされた家系でいらしたと記憶しておりますが」

木佐貫が持ち出したその話から、姻戚《いんせき》関係にあるうるさがたの長老たちの顔でも思い起こしたのだろう。彫りの深い灰原のおもざしが、見るまにスウッと青ざめていった。

灰原議員と女性たちとを取り残し、木佐貫と直人はそのまま『楽苑』の座敷をあとにした。料亭街の裏路地を抜けて、焼き肉屋や居酒屋の看板が目立つ、雑多なおもて通りにまわる。

時刻は、まだ午後八時台。だが平日の晩のことで、界隈のひと通りはそう多くない。

「――あのさ、木佐貫さん」

自分の半歩先を歩く、いつもながらかっちりとしたスーツの肩先に向かって呼びかけた。

「オレが今夜、灰原さんと会ってるって、なんでわかったの？」

今夜の予定に関しては、木佐貫にも、事務所のほかの人間にも、くわしいことは伝えていない。会食の日時や場所なども、灰原の秘書から直接、直人の携帯に連絡が入っている。

木佐貫への讒言を吹き込んできた灰原との密談めいた接触には、直人としても、どこかうしろめたいものがあったのだ。

にもかかわらず、木佐貫はなぜ、直人の難を察してあの場に飛び込んできたのか？

「そうむずかしいからくりはありませんよ。直人先生の予定を大野に確かめたら、今夜は先輩代議士との会食だという。そんな話、私は聞いていなかったじゃありませんか。これは灰原先生だな、とピンと来ました。いずれあの方が貴方に誘いをかけてくることは、もとからわかっていた話ですしね」

「けど、行き先があの店だってわかったのは？」

「以前、灰原先生が貴方におっしゃっていたじゃありませんか。そのうち赤坂の料亭で――と。赤坂で、政治家が利用するような料亭といったら、そう何軒もない。しらみつぶしに当たっても、たいしたことはありません。それに、楽苑は加賀《かが》料理の店ですから。石川県選出の灰原先生が懇意《こんい》にしている可能性は高いだろう。そう踏んで、まずあの店からまわってみたら、案の定だったわけです」

楽苑の暖簾《のれん》をくぐった木佐貫は、灰原議員と同席している山本議員の秘書である旨を告げ、座敷の前まで案内させた。そこで携帯電話に着信があったふりをして、案内についてきていた店員を下がらせた。

あとは座敷の前の間に身を潜《ひそ》め、タイミングをうかがっていたのだそうだ。

「それにね、じつは、灰原先生には前科があるんです」

「――前科？」

「そう。今夜、貴方に仕掛けたような策略を、かつては健人先生に対して謀《はか》られたことがあったそうです。まだ私が秘書になる前の話ですが、それを聞いていましたので、やり口はわかっていた」

なるほど――と、得心《とくしん》がいく思いで直人は瞠目する。

つまるところ、あのわかりやすいハニートラップは、派閥にひとを取り込もうとするときの灰原の常套手段《じょうとうしゅだん》だったのだ。

ときにはそれに、うまうまと引っかかる議員もいるのかもしれない。が、健人に対してはその手は効かなかった。結果、彼らが手を組むことはなく終わったわけだ。

そしてそうした経緯を知るからこそ、木佐貫は初登院の当日、灰原が事務所を訪れ直人に秋波を送ってきた時点から、あんなふうに警戒モードを示していたのか。

「……怒ってないの、木佐貫さん？」

おずおずと、うかがうような上目遣いで問いかける。

「なにをですか？」

「だからさ、オレが木佐貫さんに内緒で灰原先生の誘いに乗って、おかげであんなヤバいことになりかけた──って」

急に殊勝な態度になった直人に対し、薄い苦笑をはらんだ視線が返ってくる。

「襖の陰で、座敷内のやり取りは聞かせていただいていましたからね。私に黙って灰原先生からの誘いにお乗りになったことはともあれ、あの状況で先生がお選びになった対応には、文句のつけようがありません」

「けどやっぱり、オレだったら、ああいう誘惑にはあっさり引っかかるんじゃないかって、そう心配したから探しに来てくれたんだろう？」

「さあ、どうでしょう。正直言って、灰原先生がご用意なさったトラップがもう少し上質だったら、すこしはお気持ちが揺れましたか？」

少々意地悪く反問してくる木佐貫に、直人はイエスともノーとも答えかねる心地だった。

たしかに今夜の女性たちは、あまりにプロじみていてあからさまで、逆にこちらの気持ちを萎えさせるような相手にちがいなかった。灰原が仕掛けたトラップがもっと巧妙で、用意されていたのがより好ましいタイプの女性だったとしたら、直人が罠にかかった可能性もあったのか。

いや――以前の自分なら、たしかにそうだったかもしれない。だがいまは、それがトラップであろうとなかろうと、行きずりの女性からの誘いにうかうか乗るような真似はしないのではないか。

なぜ、そんなふうに思うのか。自分でもよくわからない。ましてやそれを木佐貫にうまく伝えるのは、なんだかとてもむずかしい気がする。

とにかく、このあと木佐貫から叱責を受けるにしても、彼が自分の身を案じて探しに来てくれたこと自体は、たぶん、ひどく嬉しかったのだ。初登院のあの日、直人が迷い込んだ参議院翼の廊下に彼が現れ、窮地を救ってくれたときと同じに……いや、あのときよりもっと嬉しかったかもしれない。

このひとは、なにかでオレが迷子になりかけても、かならず探しに来て、見つけ出して、助けてくれる。

フッと、木佐貫がまた苦笑を洩らす気配が伝わる。

「いずれにしても、今回の件に関して、私が一方的に貴方を責めるわけにはいきません。おそらく貴方はいま、私に対する信頼を揺らがせていらっしゃる。そのせいで、あえて私の意見に背かれるような真似をなさったのでしょう?」

「そんなこと……そうじゃなくて。だから、オレ……」

図星に近いところを指され、それでも異を唱えたかったが、うまく言葉が見つからない。

「だからさ、オレ。木佐貫さんが、どうしてオレなんかについててくれてるのかわかんなくて。だから——」

「私がどうして貴方についているのか——このあいだも、同じことをお聞きになりましたね。あのときは、こちらこそうまくお答えできずに申しわけありませんでした」

「ううん、いいんだ。けど……」

……けど?

自分はいったい、木佐貫にどんな答えを求めているのだろうか?

さして広くもない赤坂の繁華街はすでに抜け、ふたりはもう宿舎の建物が視野に入ろうという路地裏の住宅街に至っていた。

木佐貫は、今夜もやはり自宅に戻っていくつもりなのだろうか? だが今夜、いま交わしておくべき会話はまだ済んでいない。

「秘書としていま貴方にお仕えしているのは、べつに健人先生へのご恩返しとか、そんな義理人情だけの理由ではありませんよ。私には、たしかにいくつかの選択肢がありました。先生のご逝去を機に、秘書を辞めて法曹の道に戻ってもよかった。しばらく弁護士として活動して、それからまた改めて政界への転身を図る、という手もありました」

「……だよね」

「先生が亡くなられて、長野4区の候補者の席が空いてしまったわけですよね？　その時点で党側から、今回は公認を出すのは厳しいが、いずれ出馬を志したいなら、息子の直人君をつなぎとして擁立《ようりつ》しておくのがいちばんだろう、と内々の話があったことも事実です」

「じゃあ、木佐貫さん、やっぱりつぎの選挙は自分で出馬したいの？」

　木佐貫はいま、ここまで隠してきた彼の本心を告げようとしてくれている。それは汲み取れたつもりだが、それでも改めて問い返す自分の声が、どうしようもなく震えを帯びる。

「正直なところ、いまの段階ではまだわかりません。それはたぶん、貴方次第だ。このまま貴方にお仕えしていたい、と思ったら、つぎの選挙ではまた貴方を擁立するでしょう」

「けどオレなんかについていたって、しょうがないじゃない。こんな出来の悪い、ボンクラの二世議員」

「では私が議員になって、貴方が秘書についていてくださいますか？　申しわけありませんが、そちらのほうが能力的には厳しいでしょう」

なかば冗談のようにそう言われて、直人はいぶかしく眉根を寄せた。

「そりゃそうだけど。でも、なにもそこまでしてオレにこだわる必要ないじゃない。父さんに義理を感じてるってわけじゃないなら、自分でやりたいように動けばいいのに。父さんの地盤を奪うのが申しわけない気がするなら、オレじゃなく、そろそろ引退視野に入ってるようなベテラン議員の秘書になって、つぎの選挙を目指すとかさ」

「人間、そうそう合理的に、計算ずくだけでは動けないものですから」

こんど木佐貫が洩らしたのは、どうやら明らかに自嘲《じちょう》の笑いであった。だが直人には、それはますます謎かけめいてその意が読めない。

「なんなんだよ、木佐貫さんの合理的じゃない事情って」

「ご説明するために、議員に対して失礼な言い方になってしまうかもしれません」

「いいよ、べつに。いまさらなに言われたって驚かないと思うし」

すねた調子でぶっきらぼうに言い返した直人を見やり、それから木佐貫は急にひどく、ひどく困ったようすで視線を空に泳がせた。

直人から目を逸らしたまま、やや早口に言い募る。

「初めてお目にかかったときから、私には、貴方がかわいかった。貴方をお守りしたい、と思った。ずいぶん僭越かもしれませんが、私以外に貴方を十全に支え切れる人間はいない、と思ったのですよ」

「――え？」

彼の口からこぼれ出た告白が思いもよらず、直人はつい、と短い反問の声を洩らしてしまった。

が、同時に思い出されたのは、父の初七日の席で木佐貫から告げられた言葉だ。私がおそばについて、全力で支えます――と、なんだかまるで口説かれているようだ、とおも映《は》ゆく感じたあの言葉。

「いえ。だからつまり、貴方はご自分がバカで無能だとお考えのようですが、私は必ずしもそうは思ってはいない、ということです。議員の資質とは、決して頭のよさや知識の多《た》寡《か》ではない。議員というのは、選挙民の代表者です。有権者の声を反映させることがその役割ですし、この人ならそれをなしてくれる、と信頼を寄せさせるカリスマ性もその資質です。貴方には、それがある。健人先生の息子であられたことも資質のひとつだし、その容姿も、雰囲気も。私の目に狂いはなかった、と思っています」

言いわけめいて、先の告白を紛らわせるように、木佐貫は急に理詰めの話を並べたてる。しかし自分でもその慌てぶりに気づいたのか、いったん唇を閉ざして、溜息めいたものを洩らした。

「ですが、個人的な感情を混同して貴方を混乱させたのは失敗です。そうではなく、まず貴方から全幅の信頼を得る努力をしなければならなかった。なのに、私が自分の本音を隠すから」

「……本音って、なに？」

なかば茫然と、いやむしろ、木佐貫にとっては容赦のない執拗さで直人が問い返す。

「木佐貫さん、俺がバカだって知ってんだろう？　頼むから、もうすこしわかりやすい言葉で言ってくれない？」

レンズの下の木佐貫の目元に、また困ったような戸惑いの色が刷かれた。

「私のほうは、わかりやすい言葉を使うのが苦手です。これでも小心者でして」

「ずるいよ、急にそんなこと――」

直人は焦《じ》れて、ほとんど相手の胸に取りすがりたい心地で訴えた。

もしかすると、木佐貫は直人が秘かに求める言葉を隠して持っているのではないか？　しかもそれはもう、彼の喉元までせり上がってきているのではないか？

あとほんのすこし――ほんのすこしで自分はそれを耳にすることができそうなのに。

その心の声に押されたかのように、木佐貫が、ついに観念して目を伏せたのは、つぎの瞬間。そうして、ポツリと言葉が落とされる。

「――私はたぶん、初めから貴方が欲しかった。それだけです」

シン、と小暗い住宅街の、明度の低い街灯を受けて、木佐貫の目じりが赤らんでいるのが見て取れた。直人の側でも、急速に頬に血の気が昇ってくるようだ。

沈黙が落ちたあと、思い切って口を開いたのは直人のほうだった。

「ね、木佐貫さん。とにかく宿舎に戻らない？」

「……？」

いぶかしそうに眉をひそめる木佐貫の反応に、直人の頬がさらに熱くなる。

「だって、欲しいって言われても、こんなとこじゃなんにもできないないし」

ひどく赤くなってしまった顔を彼から背けるようにして、ほど近くまで迫った二十七階建ての宿舎を顎で示した。

＊

宿舎の建物までは、あとほんの数十メートルの距離だった。そのあいだ、ふたりはどちらも口を閉ざし、靴音だけを響かせて歩みを進めた。

街路から敷地内に入り、建物の入口ドアを抜け、ロビーを突っ切ってエレベーターに乗り込んだ。

ケージが上昇する微かな機械音。沈黙のなか、耳の奥で鼓動が爆《は》ぜる音がこだまする。

ひっそりと静まり返った二十二階の内廊下で、ふだんとは逆に、直人が自分のキーを使って部屋の鍵を開けた。

木佐貫が、宿舎のこの部屋に戻ってくるのは一週間ぶりだった。

部屋に入ると、彼はいつものとおり洗面所に入っていった。おかげで直人は、キッチンにまわる習慣を取り戻す。

手を洗って、口をすすいだ。じんわりと熱くなった手先に流水が心地よい。それでもまだ、心臓はとくとくと速い鼓動を打ち続けている。

いったい、この気持ちはなんだろう?

欲しい——と、告白してきたのは木佐貫だ。それに対して直人はすこしまわりくどい、それでもはっきり受諾を示す答えを返した。

情事の場数なら、これまで何度踏んだか忘れるぐらいに経験してきた直人である。当の木佐貫とさえ、性的な交渉を持つのが初めてではない。なのに、自分はどうしてこんな緊張感に駆られているのか?

と、洗面所のドアが開いて、木佐貫が出てきた。見るとその片手には、スキンローションの青いボトルがある。直人がふだん、髭剃《ひげそ》りあとに使っているものだ。

「すみません、これをお借りします。ほかにてきとうなものが見当たらない」

「いいけど、なにするの、それ?」

「あ……ですから、つまり。なにか潤滑剤《じゅんかつざい》になるものがないと、貴方のご負担が大きいので……」

なんの気なしの問いかけに、木佐貫はややあいまいに言葉をにごした。

自分の質問の愚鈍《ぐどん》さに、カアッと顔が熱くなる。同時に、これから彼と交わそうとしている行為がひどくなまなましく想像された。

募りそうになる羞恥《しゅうち》と惑いを振り払おうとするように、直人はキッチンのカウンターを迂回《うかい》して自分の部屋へと向かった。

ドアを開いて、木佐貫を振り返る。

宿舎のなかでも、そこはプライベートな領域だと認識しているのだろう。木佐貫が、これまで直人の私室に勝手に入ってくるようなことはいちどもなかった。だから、自分のほうから誘わなくちゃ――と思ったのだ。

小暗い室内に足を踏み入れ、セミダブルサイズのベッドの脇で、スタンド型のライトを灯した。それから窓際にまわって、開いたままだったカーテンを手早く閉ざす。

背後からいきなり、腕をつかんで引き寄せられたのは、つぎにどんな態度で木佐貫を振り返ればよいのか、一瞬、迷って目を伏せたときだった。

さして広くもない、八畳ほどの部屋のなかだ。体勢を崩した直人はベッドの縁に脛《すね》をぶつけ、マットレスの上に腰を落としていた。その背中を、やはりベッドに乗り上げた木佐貫が抱きすくめる。

身体を包み込む、木佐貫の体温。首筋に吐息がかかり、つぎにはそこに唇が押しつけられた。甘噛みするような感触に、ジン、と下肢に情動が走った。

「先生――直人、先生――」

すこしうわずった、かすれた声で名を呼ばれる。その声とその吐息とで、耳の奥まで愛撫《あいぶ》されているようだ。

木佐貫は、いまどんな表情をしているのだろうか？　それが見たくて、彼の両腕に縛《いまし》められた身体をなかば強引に反転させた。が、眼鏡の下の表情をたしかめるまもなく、唇をキスで塞がれる。

貪るようなキス、キス、キス。それだけでもう、酔ったように、意識が蕩《とろ》けていきそうになる。

「……木佐貫さん、木、佐貫、さん……」

「直人……せんせい」

「ね、木佐貫さん」

「……なんですか？」

「なんで……こんな、キス……するの？」

「キスは、おいやですか？」

「ううん、ちがう。けど、いままでしてない……のに……」

これまで木佐貫からキスをされたのは、たしかいちどだけ。だがあれは、射精の快楽に突き動かされての反射的なものだったろう。少なくとも、あのときの直人はそう結論づけていた。

「管理業務と言い張っていた手前、いろいろ自重していましたからね」

苦笑に双眸《そうぼう》を細めながら、木佐貫は、両手で直人の頰を包み込んだ。

「本当はずっと、こんなふうにしたかったんです」

もういちど、長く深々とくちづけられる。

やがて唇が離れると、こんどは直人のネクタイに彼の指がかけられた。結び目がはどけ、その下に隠れていたシャツのボタンも外され出す。

意を察して、直人も木佐貫の襟元に手を伸ばした。

たがいにたがいの着衣を乱し、その手順ももどかしくなって、途中からは自分で自分の服を脱ぎ始めた。

すぐ目の前で、木佐貫の裸体があらわになっていく。

動きにつれて、筋肉の筋目が追える上腕。かっちりと広い肩に、引き締まった胸板。特に運動の経験があるわけでもなかったはずだが、腹も締まり、スラックスを下ろしたあとに現れた大腿部《だいたいぶ》にもしっかりと筋肉がついている。

考えてみれば、直人が木佐貫の裸体を目の当たりにするのはこれが初めてだ。

入浴のあと、平然とバスタオル一枚でリビングに出ていく直人に対して、ふだんの彼は、パジャマ代わりのジャージをきっちりと身に着けてからでないと姿を現さない。

そして、あの『業務』のあいだも、どちらも服など脱いだことはなかったのだ。

あとはもう下着一枚になった木佐貫が、直人の上に覆いかぶさってきた。

一緒にベッドの上に倒れ込みながら、まだ脱ぎ終えていなかった直人のスラックスは、木佐貫の手で取り去られる。

重ね合わせられる裸の胸と胸。絡み合う両脚。下着越しに触れ合う、どちらも熱く昂り始めた欲情の証——。

木佐貫の唇が直人の首筋を這い、左右の鎖骨を順に舐める。片手は腰にまわされ、もう片手はつんと尖った乳首を弄《いら》う。

これまで触れられることのなかった身体じゅう、どこもかしこが、木佐貫に愛撫されていく。

「……木、佐貫さ…ん。ね、きさぬ、きさ……」

「な……んですか？」

「……もひとつ、訊《き》いていい？」

「どうぞ」

「ん。なんでさ、オレのこと、欲しい……の？」

弾む息をこらえて発した疑問に、だが瞬時、木佐貫の愛撫の手が止まる。クッと、その唇から短い笑いがこぼれた。

「貴方ね。バカのふりを言いわけにして、そこまでひとの本音をつきまわすのはアンフェアですよ」

笑い混じりにそう腐すと、木佐貫は直人に答えをくれないまま、自分の望みを遂げにかかった。

直人の腰骨に引っかかったビキニタイプのブリーフを引き剝ぎ、両の太股を押し上げて、大きく脚を開かせる。下肢のすべてが木佐貫の視野に晒されるその体勢の恥ずかしさに、直人もさすがに身体を竦《すく》ませそうになる。

が、抵抗を予期していたのだろう木佐貫は、強い力でそれを圧した。そして以前、そう評したところの〝慎ましいサイズ〟の欲望が、それでも頭をもたげて慰めを乞うているのを口のなかに咥え込む。

「……んっ、は……あ、ん……」

唇と舌とを使って与えられる絶妙な刺激に、淫《みだ》らな声がつい洩れる。すでに馴染んだその快美な奉仕に加えて、今夜の木佐貫はもうひとつ、べつの快楽の源《みなもと》を探り始めていた。

直人の脚から離れた手が彼自身の顎の下に差し入れられ、咥え込まれた性器のうしろへと這《は》っていく。ふたつある睾丸《こうがん》を両方その手に載《の》せると、さらに奥へと達した中指が、小さく窄《すぼ》まる後孔《こうこう》の襞《ひだ》をぐるりとなぞった。

微かに感じた摩擦《まさつ》は、つぎに、なにかひやりと湿った感触にとって代わられる。

直人の身体を昂《たかぶ》らせ、探っていく一方で、木佐貫のもう片手はベッドの上に転がされていたローションのボトルを引き寄せていた。そして器用にキャップを外し、中味で指を濡らしていたようだ。

乾いた指に場を譲られた濡れた指は、ぬめりを借りて、窄まりの中心に押し込まれる。

「やっ……あぁ……っ」

微かな疼痛《とうつう》、そして慣れない感触とにまた身が竦み、声が出る。

だけど、欲しい——と言われた。そして、それに応じる約束をしたのだ。

こうした行為に身を委ねる覚悟は決まっていたはずだ。

「——すみません」

濡れた中指をしばらくなかで行き来させ、さらにひと差し指も一緒に潜り込まて馴染ませたあと、木佐貫が、どこか差し迫った声で訴えた。

「本当は、もうすこしほぐして差し上げたいんですが。私のほうもそろそろ限界です」

そこで腰を上げ、下着を下ろしてあらわにされた彼自身の欲望は、たしかに告げられたとおりの体である。

改めて太股を押し上げられ、大きく開かせられた直人の中心に、硬く猛ったその先端が据えられる。

と、感じるまもなく、逸った肉が遠慮のない力で押し込まれた。

ずし、と目の前に白光が閃くような衝撃がかかる。熱い——痛い。その部分から身体が裂けてしまいそうだ。

それでもその苦痛より、胸の底から湧く歓喜のほうが勝った。

木佐貫が、自分のなかに入っている。自分のなかに、彼自身の熱を感じる。

ああ、そうだったのか——と、直人は思う。

こんなふうに、自分は木佐貫に求められたかったのだ。彼が求めているのは自分なのだ、と、身体ごと、心ごと実感したかったのだ。

浅くゆるやかな抽挿が始められ、それが幾度か繰り返された末に、彼の身体は、たぶん、直人のいちばん奥にまで達した。

硬く張り詰めた肉に貫かれ、その重みに圧倒されてほとんど悲鳴を上げかけながら、それでもつぎの瞬間、直人の性は甘く熟した喜びの飛沫《ひまつ》を放っていた。

幾度かの逐情を分かち合い、つないだ身体をようやく離してベッドに身を横たえたのは、深夜に近いころだった。

まだるい余韻《よいん》に浸った直人の頭は、木佐貫の、裸の腕に委ねられていた。枕の代わりに貸した上腕に対して、その手の先は直人の頭のほうに戻され、繰り返し、繰り返し、そう長くはない髪を撫で続ける。

たぶん、もうこのまま眠りに就くつもりだからだろう。情交のあと、ようやく眼鏡を外した木佐貫は、いまは珍しい裸眼である。

レンズ越しに見るよりもずっと穏やかなその双眸を、直人はふと、瞬きしながら見つめ返した。

「……どうしました？」

「ん……なんか、ちょっと変な気分。木佐貫さんが、こんなにオレにやさしいなんて」

「それは……誤解ですよ。いままでは管理業務と言い張っていた手前、そうそう甘い真似もできなかっただけで」

「管理業務――か。考えてみたら、ひどい言われようだったよね」

なかばふざけて腐してみせると、木佐貫は、やや不承不承のようすで詫びてくる。

「すみません。ですが、ああでも言いわけしないと、異性愛者の貴方には、男同士の性交渉など許容していただけないか、と。そう思っていたものですから」

「え。もしかして、最初から計画的だったの？」

まさか――という思いに目を瞠り、直人は咄然と問い返した。

初めから、ハナから全部、これは自分を陥落させようとする木佐貫の策略だったのか？

「まいったな、うっかり乗せられたよ。ああやってちょっとずつ慣れさせたら、オレのこと落とせるって、自信あったんだ」

「いえ、それは私を買い被りすぎですよ。そんな自信、あったわけないでしょう。いま、こうして貴方が腕のなかにいることだって、まだ夢のようなのに」

直人の髪に唇を寄せ、微笑を含んで陶然とささやく。その抗弁《こうべん》は本音なのか、それともいまのこの甘やかな状況に乗じての詭弁《きべん》のたぐいなのか。

いや。たぶん、どちらにしても同じことだ。木佐貫がそれを仕掛けてきた理由が、ただ直人が欲しかったからだというのなら、直人としては、もう彼を許して受け容れるしかない。

苦笑ともつかないくすぐったさに、直人の肩が、腕枕のなかで小刻みに揺れる。

相手が彼だということは、たしかにひどく思いがけない気もするけれど、初めて会ったときからどこかで気づいていたようにも思える。この腕のなかには、いままで直人がずっと知らずにきた居心地のよさがたしかにあって――。

秘書とセンセイ。

「――直人《なおと》さん。直人、さん」

低くやさしい男の声が、耳元で呼びかける。うん、とうなずいたつもりだったけれど、枕に沈み込んだ頭が重くて動かない。

「六時ですよ、起きてください」

大きなあたたかいてのひらが、軽いタッチで頬《ほお》を叩く。それでもまだ、夢心地の直人のまぶたは持ち上がろうとしない。

シャッ、と音を立ててカーテンが開かれた。初夏の朝のまぶしい光が差し込んでくる。

日差しに射られてようやく眠い目が開き、窓際でこちらを振り返った男を見上げる。

「……ん、おはよ」

応じた自分の声は、掠《かす》れてくぐもった起き抜けのそれだ。唇の端にちょっと濡れた感覚があって、てのひらで拭《ぬぐ》った。

けさもまた、ヨダレまで垂らしながら気持ちよく熟睡していたマヌケな寝顔を木佐貫《きさぬき》に見られてしまったんだろう。

寝間着代わりのTシャツと短パン姿でベッドから降りて、直人はシャワーを浴びるために浴室に向かった。

木佐貫は、直人を起こす前に、すでにワイシャツとスラックスに着替えている。これもふだんの習慣で、直人が浴室から出てくるまでのあいだにコーヒーを淹《い》れ、簡単な朝食を用意しておいてくれるのだ。日によってはシャワー中、洗面所から洗濯機のセットをしている物音が聞こえてくることもある。

十分ほどでシャワーを終えて、木佐貫が待つ食卓についた。卓上に並んでいるのはイギリスパンの厚切りトーストとマグカップに淹れたたっぷりのカフェオレ、それにフルーツの皿。

「あ、さくらんぼ」

真っ白な皿につやつやと赤い小粒の実が山盛りにされているのを目にして、とっさに発した声が弾《はず》む。

「昨日、諏訪《すわ》の支援者の方から送られてきたものですよ。お好きでしたか?」

「うん、大好物。地元が長野《ながの》だと、これがいいよね。あっちは果物《くだもの》いろいろおいしいから」

さっそく、ヘタの先をつまんでひと粒取り上げ、つるんと滑《なめ》らかな実を口に含んだ。奥歯を使って果肉《かにく》を噛むと、甘酸っぱい果汁が広がる。

それから香ばしく焼かれたトーストを齧《かじ》り、直人の好みに合わせてミルクが多めのカフェオレを啜《すす》った。そして、卓上に用意されていた新聞を広げる。

新聞は、一般紙と経済紙の二紙を取っている。これを木佐貫と取り換えっこしながらザッと目を通しておくのも朝イチの習慣だ。

けさの一面トップには、現政権が推《お》し進めている金融緩和《かんわ》政策を受けての株価の動向。並んで、先の衆議院議員選挙について、いま全国で起こされている『一票の格差』訴訟《そしょう》に違憲判決が出された、というニュース。

直人にとっては、つまりどちらも自分がじかに関わる職場の話題にちがいない。

「――時間ですよ」

しばらくして木佐貫から声をかけられたのは、社会面に移動して中高生の自殺事件に関する囲み記事を読んでいたとき。けさは一般紙に読んでおきたい記事が多くて、経済紙までたどり着かないうちにタイムアップになってしまった。

「了解」と応じて、新聞を畳み、ふたり分の食器を下げにかかる。食後のあと片づけは直人の役目で、木佐貫は、そのまにネクタイと上着を身につけ、出かけるしたくをすべて済ませてくる。

そうして直人が洗いものを終えてリビングに戻ったときには、直人の分のネクタイを手にした彼が待ちかまえていることになる。

けさ、木佐貫が直人に選んできたのは、黄緑色に白のドットが配《はい》された、やや明るめのデザインのものだった。

襟《えり》ぐりにネクタイがまわされて、慣れた指先が、きれいな逆三角形にまとまる硬めのノットを作っていく。そのあいだ、直人は子どものようにただ突っ立ってなされるままだ。

「こうして貴方《あなた》にネクタイを結んで差し上げるのも、今日が最後ですね」

「――へ？」

ネクタイの形を整えながら、木佐貫が感慨深げに言い出したのに、直人はきょとんと目を丸くする。

「今日は月末ですすよ。明日からはクールビズが始まりますから」

「あ……そっか」

言われるまで、気がつかなかった。

夏場の節電対策のために、現政権でもクールビズは継続して奨励《しょうれい》する方向だった。永田町《ながたちょう》・霞が関《かすみせき》の住人たちも、いっせいにネクタイを外した姿に切り替わることになる。したがって、明日からは、直人もこうして木佐貫にネクタイを結んでもらう必要がなくなってしまうわけだ。

「……オレ、新人だから夏でもネクタイしてることにしようかな」

すこし考え込んでから、唇を尖《とが》らせるようにしてつぶやいた。

「ダメですよ、そんな。党内の申し合わせに背《そむ》かれては困ります」

苦笑含みに腐《くさ》しておいて、木佐貫は、それでも眼鏡の下の瞳を眇《すが》めるようにしてしたくの済んだ直人を見つめ、キスをひとつくれる。

一瞬よりほんのすこし長い、唇と唇の体温が混じり合ってすぐに離れていくぐらいの、短いキス。

木佐貫と直人が初めて身体をつなげたあの夜から、二か月弱。しかし、ああした行為をリピートする機会は、まだ訪れていなかった。

なにせ、平日は夜が遅く、翌朝は七時台から駅頭での演説や党内の会議に出かけていくことになる。週末は、可能な限り長野入りすることにしているのでもっとタイトだ。毎度、最終の中央本線で新宿に戻り、議員宿舎にたどり着くのは深夜をまわる。

結局、曜日に関わらず、翌朝を気にせずセックスにいそしめる余裕はなかなかなかった。それでもあの夜以来、木佐貫との関係は、たぶん、たしかに変わった。木佐貫が、直人のネクタイを選んで結んでくれるのは以前からの習慣だったが、しまいにこんなやさしいキスが加わったのも、あの夜が明けたつぎの朝が始まりだった。

が、明日からクールビズが始まって、ネクタイの世話をしてもらう必要が途絶えてしまったら、一連の流れで加えられていたこのキスの習慣はどうなっちゃうのか？　ほかに、めったなことでは甘いしぐさや言葉をくれない木佐貫なだけに、直人は気に懸《か》かる。

毎朝の、ほんの短いキスひとつ。それにこんなに拘泥《こうでい》する自分は、いったいなんなんだろう？　と思わなくはないけれど……。

「さあ、出かけますよ」

ついぼんやりとよけいな心配にとらわれていた直人をよそに、木佐貫は、もう書類鞄《かばん》を手にしてリビングのドア口に移っていた。急かされて、直人も自分の鞄を取り上げ、あとを追った。

官舎を出ると、となり町の永田町まではほんの数百メートルだ。ＳＰが随行する閣僚クラスであったり、でなくても専任の運転手を雇っているようなベテラン議員であればそうもいかないが、まだまだ身軽な一年生議員の直人は、基本、徒歩での通勤を続けている。

この日の日中は、まず朝イチで党本部での調査会会議、その後は議員会館の事務所に出て、三組の来客を受ける——というスケジュールになっていた。

ひと組め、ふた組めはどちらも陳情関係で、続いて三組め、所内の応接室で、テーブルを挟《はさ》んで直人の差し向かいに居並んだのは、厚生労働省の担当官ふたりである。

そのうちひとりはすでに見知った佐竹郁生《さたけいくお》で、もうひとりは彼の上司に当たる七三眼鏡。

「——と、いうあたりで、まあ概要のご説明は差し上げられたかと存じますが」

広げた資料の束《たば》をぱたりと閉ざして、その七三——いや、手塚《てづか》課長が話をまとめた。

今日、厚労省から彼らふたりがやってきたのは、「若者の雇用環境の改善」についてのレクチャーのためだった。

衆議院には内閣、外務、財務金融など十七の常任委員会があって、議員たちはそれぞれどこかの委員会に所属することになっている。直人は政策テーマに「子どもの貧困」問題を抱えていたことから、厚生労働委員会の末席に連なっていた。

常任委員会では、管轄《かんかつ》として上げられてきた法律案を審査したり、所管の問題についての調査を行ったりもする。で、今回、厚労委内で「当事者層にいちばん近い世代だから」と最年少委員の直人に振られたのが「若者の雇用環境」というテーマだったのだ。

もとは「子どもの貧困」問題と同じパターンで、経済や国防などと比べて専門知識がなくてもなんとかなるだろう、などというお気楽な発想から選んだ委員会だった。が、厚生労働管轄の諸問題も、齧ってみればそれぞれ奥が深い。

「えっと……この春の新卒の正規就職率が、まず大卒の場合で男女とも八十パーセントぐらいですか。大学出ても、五人にひとりは正社員として就職してないんだ。しかも、前の年の十二月の時点では内定率が七十パーセント台でしょ？　ってことは、年を越したあたりで職種や雇用条件なんかの希望をいろいろ譲歩して、なんとか駆け込みで職を決めた学生がたくさんいたわけですよね」

パラパラと資料を見直しながらの直人の言《げん》に、手塚課長が無表情にあいづちを打つ。

「はい。ご指摘のとおり、大方はそうした傾向にあるかと存じます」

「だとすると、就職後の離職率の高さなんかも、若い連中が根性ないとかそういう問題だけじゃなくて、構造的なものがあるって気がしますよね」

「はい、ご指摘のとおり」

「それと、高卒の場合は本当に厳しいですね。正規就職率が五十パーセント台で、残りの半数近い人たちは、新卒から契約とかアルバイトみたいな形で働き始めてる。「若者の雇用」って、べつに新卒の就職には限りませんよね。その先の転職とか、再就職の市場にも目を向けると、大卒の資格がないとさらに厳しい状況があったりするじゃないですか。社会に出てから適性や適職が見つかることもあるわけだし、そうした場合に方向転換が可能になるようなサポート体制も、いっしょに考えていく必要があるんじゃないか、って——」

「なるほど、大変に貴重なご意見です。ただ、社会人入学の現状などにつきましては、うちだけでなく文科省の管轄にもまたがる問題になりますので」

たしかに他省庁の管轄へと踏み込もうとしていた直人の話に、厚労省の課長は木で鼻をくったような調子で釘を刺してきた。そうくるだろう、となかば予測していた直人は、いかにも人当たりのいい表情でにっこり返す。

「じゃあ、そっちの方面については、また改めて文科省の担当の方を呼んでうかがってみますね。手塚課長のほうでは、若年層の転職・再就職に関する動向のデータと、新卒生の正規雇用拡大策のアイデアをご用意いただけますか？　どちらにしても、「若者の雇用」についてはどうしたって文科省管轄にもまたがる問題ですから、両省でいい連携が図れるといいですね」

今日の話はここで締めかと汲《く》んだようすで、課長は了解を示してうなずくと、足元に置いた書類鞄を取り上げ机上の資料をしまいにかかった。部下の立場で口を開く機会もなかった佐竹もそれにしたがうが、したくを終えて席を立つと、一瞬、直人にまっすぐ顔を向けてやや丁寧《ていねい》な目礼をくれていく。

直人はきょとんと目を瞬《またた》き、それでもフッと笑顔になりながら礼を返した。

応接室のドア口でふたりの官僚を見送ると、そこで初めて、同席しながらここまでやはりほとんど口を開くこともなかった政策秘書の木佐貫を振り返った。

「あーあ。やっぱ、お役所の縦割りの壁って厚いよね。あの課長、大学うんぬんの話が出たとたんに小鼻がひくひくしちゃってたよ」

当人たちが退室するなりのそんなボヤきに、だが木佐貫も、肩をすくめながらもあいづちをくれる。

「まあ、文科省と厚労省はまだマシなほうですよ。十八歳未満の問題を扱う場合は、まず連携必須《ひっす》ですから。ただ連携はするにしても、政策案を進めるなかではどちらの省がイニシアチブを握るかでかなりツバ競《ぜ》り合いを見せてくれますけどね」

「だろうね、しょうがないな。でさ、今日のレクは、オレ、何点？」

諸般《しょはん》の公務に木佐貫が同席した場合、このところは、よほどでなければ彼が途中で口を挟むことはなくなっていた。代わりに事後、こうして直人の仕事ぶりに評価点をつけてもらうのが倣《なら》いになっている。

期待満々、子どものように目をくりくりとさせながら尋ねた直人に、木佐貫は意地の悪い教師のようなしぐさで眼鏡のブリッジを直す。

「そうですね……七十五点、でしょうか」

「わっ、厳しいな」

「赤点の六十点を二十五パーセント超えてますから、まあ合格点ですよ。だいたい、あの佐竹もどうやらすこし先生を見直したような顔を残していったじゃないですか」

「あ。やっぱ、木佐貫さんもそう思った？」

木佐貫にとっては東大時代の後輩に当たる佐竹だが、彼はこれまで議員の直人を若干軽《じゃっかん》んじ、尊敬する先輩がその配下に就《つ》くことをよしとはしていなかった。その佐竹が退室まぎわのほんの一瞬、直人に対して見せたちいさなしぐさを、木佐貫も見逃してはいなかったようだ。

てへ、と、直人はこそばゆい心地で鼻の頭を掻《か》く。

「まあね。オレの場合、なにせ専属のカテキョが優秀なおかげで成長著《いちじる》しいからさ」

よく、語学を学ぶためにはその言語を母国語にする人間を恋人にするのが早道だ、という話がある。自分の場合もそれと似たようなケースかな、とチラッと思う。

もとがいくらアホだとはいえ、直人もそれこそ大学の課程を終了し、学士の称号を得るところまでの教育は受けているのだ。さすがにまっとうな識字能力、読解力は有しており、テーマが多少専門領域にわたったとしても、情報のインプットがあれば知識は増える。知識が増えれば、そこにはそれなりの判断力もついてくる。

いやたぶん、これが高卒だって、あるいはいまどき珍しくなってしまった中卒だって、同じような学習効果は期待できるはずだ。だからやっぱり、社会に出てからもスキルやキャリアの向上につながる教育のルートは用意されているべきで……。

「さて、とにかくレクチャーが時間どおり終了しましたから、昼食にしましょう。このあとのご予定は十三時からの本会議ですから、今日は食堂に行けますよ」

「わっ、やった！」

木佐貫から出たひさびさのランチのお許しに、直人はまたしても子どもじみた喜びの声を上げる。

議員としての生活が始まって以来、ゆっくり食事の時間が取れることは稀《まれ》になっていた。

宿舎で木佐貫が用意するごく簡単な朝食は、いつも新聞を読みながら。昼は委員会や議員連盟のランチミーティングが入っていることもあるし、でなければ前後の予定で圧迫されて、食事のための時間が取れないこともしばしばだ。秘書のだれかが買ってきてくれる弁当を事務所でかっ込めればマシなほうで、議員会館地下のコンビニで買った総菜《そうざい》パンをそそくさ齧る程度のことさえある。

夜は夜で、各関連のパーティーなどに出席しても、出席者との会話や挨拶《あいさつ》などが優先だから、並んだバイキング料理をつまんでいる余裕もろくにない。結局、一日中食べ損ねて宿舎に帰り、木佐貫が出してくれる饂飩《うどん》だのお茶漬《づ》けだので腹を膨《ふく》らませるのが御《おん》の字だ。

つまるところ、日々の食生活はサラリーマン時代より格段に貧しくなった現状なのである。

そんな会話を交わしながら所内の事務室に戻っていくと、待ち受けていたのは私設秘書の林莉子《はやしりこ》のくすくす笑いだ。

「木佐貫さんって、ほんとに直人先生がかわいくてしかたないんですね」

「――へ？」

髪にリボン型のバレッタを飾った愛らしい秘書嬢からの指摘に、直人と木佐貫とはふたり同時に目を丸くする。

以前の会話で直人が勝手にそう感じていたことではあるが、莉子はたしか、木佐貫に対してすこし気があったのではなかったか。まさか、だからこそ女性特有の勘でこちらの親密な関係を察知したのか？　いや仮に、なにか察するものがあったとしたら、逆にこう無邪気には触れてこられないはずの話である。

いまの言も、せいぜい、議員と秘書とがそれなりにフランクであることがほほえましい、ぐらいの意味に受け取っていいだろう。

「行きますよ」

莉子の発言を無視して木佐貫がうながす。声は硬いが、両の耳朵がうすあかい。

それはつまり、おそらく深い意味はないはずの莉子の指摘が、彼にとっては図星だった証拠なのか？

　できたら訊きたい気持ちをこらえながら、直人もとにかく木佐貫の背中を追う。

　会館内の地下一階にあるレストランは、入口脇に置かれたガラスのショーケースにメニューのサンプルが並ぶ、いまどき百貨店の飲食店街でも珍しくなった昔ながらの食堂形式だ。国の中枢《ちゅうすう》にある人間たちが日々食事を摂《と》る場としてはいかにもショボいが、それでもメインや汁物などが揃った温かい昼飯にありつけるのはありがたい。

「今日は味噌カツ丼にしよっかな。けど、それだとビールつけたくなっちゃうか」

　昼休みに入ったばかりの時分でザワつく食堂の前に到着するなり、直人はショーケース内のサンプルを覗《のぞ》き込んで浮き浮きとつぶやいた。かたわらの木佐貫から釘を刺すような視線が投げられるが、ビールうんぬんはもちろん言ってみただけだ。

　局の広報マン時代のようにランチビールを軽く一杯——なんて真似をして、午後の本会議で船を漕ぐようなことにでもなったらまた大目玉《おおめだま》だ。

「やっぱオレ、日替わりランチ。そのほうが栄養バランスもいいしね」

　決めたメニューを木佐貫に伝えて、いつものように食券の購入を彼に任せる。直人のほうはそのまま食堂のホールに入り、席を確保しておく役目だ。

　広いホール内には長テーブル式の席が何列も並んでいるが、昼食ピークのこの時分は、もちろんかなり混み合っている。そんななか、直人はきょろきょろとふたり分の空き席を探して歩いた。と、なんだか食事中の先客たちの視線が、妙に自分を追いかけてくるような気がした。今日の食堂は、ふだんよりも外来の一般客が多いのだろうか？　直人はこれでも今期の選挙で脚光を浴びたニューフェイスなので、国会の内外で他人《ひと》から注目されることも、ままあるのだが……。

「――山本《やまもと》先生」

背後から潜《ひそ》めた声で呼びかけられ、同時にグッと腕を取られた。ふいを衝《つ》かれて振り返ると、間近に、先ほど別れたばかりの佐竹課長補佐のきれいな小顔。

事務所での「若者の雇用」に関するレクチャーのあと、佐竹もたぶん、昼食のために食堂に寄っていたのだろう。またきょとんとさせられた直人の腕を、彼はなんだか差し迫ったようすで食堂の出口方向へと引っ張っていく。

「あの……えっと、いったい？」

「申しわけありません、緊急事態です。とにかくいったん、事務所にお戻りいただいたほうが」

霞が関の官僚が、議員会館内で衆議院議員の腕を引っ張って歩き出したのだ。なにか緊急事態なことは、直人にだってさすがにわかる。知りたいのは、それがいったい、どんな事態なのかということなのだが。

事態のアウトラインを告げたのは、この場では説明する気がないらしい佐竹の口からではなかった。

食堂内に何台か設置されたテレビからの音声が、そこで直人の耳に飛び込んできた。
《――今期の最年少当選、そのスイートなイケメンぶりで人気沸騰《ふっとう》の山本直人衆議院議員に、なんといきなり女性問題の発覚です》
ほかでもない自分の名前と連ねられた報道の内容とに、ギコッとして手近のモニタを振り返る。モニタ上に大書きされたテロップが報じていたのは、いや、なかなかセンセーショナルな内容だ。
――遊び？　婚約不履行《ふりこう》?!　甘いプロポーズを信じたわたしは、彼が当選したとたん、紙屑《かみくず》のように捨てられた!!

＊

――結婚……しようって言われてたんです。あたしはそれを本気にしました。

そのころは直人さんも国会議員なんかじゃなくて、業界関係者とはいってもふつうの会社員で。べつにそんな、雲の上の人だとも思っていませんでした。だから、本気にしたんです。

あたしはこのひとと結婚して、このひとと一緒に生きていくんだって。

なのに……選挙の話が出て、有名になって、彼は変わってしまいました。

あたしみたいに、どこかいいおうちのお嬢さんってわけでもない、学歴もない。そんな女じゃ代議士の奥様にはなれなかったんでしょうけどね。

モニタのフレームに映《うつ》り込んでいたその場所は、たぶん、どこかの社屋《しゃおく》の会議室。カメラに向かって涙ながらに訴えている女性の顔にはモザイクがかけられ、音声もイコライザーで加工されていた。テロップによると、彼女は『昨年まで山本直人議員と親密な関係にあったM子さん（二十六歳）』ということらしかった。

けど、なんでだよ？　と、彼女に対してツッコまずにはいられない。オレいったい、いつ君とそんな約束したっての？

仮名《かめい》とモザイク処理にもかかわらず、この『涙の激白インタビュー』の女性がだれなのか、直人にはすぐ察しがついた。髪を顎《あご》のラインに揃えたボブにして、その前髪をカチューシャで留めたスタイルに見覚えがある。ＪＡテレビ時代、広報部の男性陣が行きつけだった六本木《ろっぽんぎ》のガールズバーで働いていた女の子だ。それが本名だったのか、店での源氏名《げんじな》のたぐいだったのかも知らないが、店ではマノンちゃん、と呼ばれていた。

ほっそりと華奢《きゃしゃ》な体型の、大きな目が猫のように吊り上った、そこそこかわいい子にはちがいなかった。

と、言っても、いまの彼女の訴えはひどいガセだ。まったくの虚偽《きょぎ》の告発だ。

自慢じゃないが、過去には女性関係でそれなりのおイタも重ねてきた直人である。しかし、このノンちゃんとのあいだには、いきつけの飲み屋の店員と客という、それ以上の関係は一切《いっさい》なかった。

いや、飲んでしゃべっているときに、ちょっと誘われてるかな、と感じたことぐらいはあったかもしれない。しかし彼女はその後、なにかの番組の打ち上げで直人が店に連れて行った、若手のイケメン俳優にターゲットをシフトしたはずだ。直人の前でもけっこう積極的だったそのアプローチの末に、彼とどうにかなったのかはわからない。そういえば、あの俳優のほうには、ひとまわり年上のベテラン女優と結婚秒読み？　といったゴシップが報じられていた気もするが。

　とにかく、彼女とは交際の事実もなかったし、だから結婚の約束なんてするはずない。紙屑のように捨てただなんて、けっこうあんまりな吹かれようなのだ。


「……ふむ、なるほどね」


　同じ日の夕方、やはり永田町の一角に立地する民友党《みんゆうとう》本部内。窓から国立国会図書館の建物を臨《のぞ》む、六階フロアの総務会長室。

　会議テーブルを挟んで悄然《しょうぜん》と立つ直人に向かって、現厚生労働大臣にして党総務会長である佐々岡《ささおか》恒夫《つねお》が、その四角張ったいかつい顎をひねりながらうなずいた。

「君のその言い分は、いちおう聞いておくとして。しかし、議員就任早々に、また困ったスキャンダルが持ち上がったものだな。なにしろ君もそのイケメンぶりで注目株なだけに、しばらくはゴシップマスコミにあることないこと騒がれ続けることになるだろう」

「はあ……その点は、まったく僕がいたりませんで。党にもご迷惑をおかけすることに……」

もごもごと直人が並べようとした詫《わ》びの弁は、続いて衆議院厚労委員会の長を務める片倉代議士にさえぎられる。

「まあ直人君も、もとはマスコミの人間でしたからね。正直なところ、テレビマン時代にはかなり派手に遊んでたんじゃないの？」

「いえ、あの。そのようなことは……」

「彼のお父上は、堅物《かたぶつ》で奥さん一筋でしたからね。おかげで逆に、そうした方面の指南《しなん》は期待できなかったんでしょう」

と、こんど口を挟んできたのは、こちらはキツネのような細面《ほそおもて》をした党幹事長代理、そして通産副大臣でもある前園秀樹《まえぞのひでき》。

「なるほどな。なあ、直人君。政治家には、政治家なりの遊び方がある。とにかく、六本木のガールズバー？　そんな店にいるような、シロウトに毛が生《は》えたような子を相手にしちゃいかんよ。無用なトラブルを招くもとだ」

閣僚《かくりょう》・党重鎮《じゅうちん》クラスのお歴々《れきれき》が取り囲む会議テーブルの上には、けさのスポーツ新聞が二紙と、明日発売される週刊誌の早刷りが一冊。どれもこれも、日中のワイドショーで報じられていた直人の女性問題を異口同音《いくどうおん》に取り上げたものだ。

記事でもやはり、直人はM子ことマノンちゃんとの結婚の約束を反故《ほご》にし、しかも支払いの約束をしていた慰謝料《いしゃりょう》さえ踏み倒したことになっている。

こうした報道が鵜呑《うの》みにされれば、直人は世間的にはかなりひどい男のレッテルを張られてしまうにちがいない。

にしても、告発の主《ぬし》はどうしてマノンちゃんなのか？

選挙出馬《しゅつば》以前、直人がそうした関係を持った女の子は、両手の指の数では足りないぐらいに実在する。そのだれかならまだしも、いちどでもデートした覚えさえない彼女からこんなふうに訴えられるのは、なんとも解《げ》せない話だった。

が、しかし、直人が並べた嘘いつわりのない釈明を、この場のお歴々はさらさら信じてくれてはいないようだ。

佐々岡は、直人が現在所属する党内派閥《はばつ》の長である。前園は父の健人《けんと》と同期で親交が深く、先の選挙に当たって直人を口説《くど》いて担《かつ》ぎ出した立場だ。そして片倉は、衆議院での直人の所属委員会の長。

それやこれやで、超多忙な彼らがこうして顔を揃えてくれているわけだが、直人にとって、この状況はほとんどつるし上げではなかろうか。

ときに失言ひとつで議員のクビが飛び、過去には女性問題の発覚から総理大臣が失脚《しっきゃく》したことさえある世界だ。直人の場合もガセとはいえ、風向き次第では議員としての資質や倫理観《りんりかん》を問われて辞職願を要求されかねない事態なのだ。

「さて、今回の件をどう収めるかだが――」

ハイバックの会議チェアをギシリと軋《きし》ませ、佐々岡がおもむろに切り出した。

「直人君としては、今回の件はまったく身に覚えがない濡れ衣《ぎぬ》だと主張して、マスコミに対して釈明会見のひとつも開きたいところかもしらん。が、相手の女は婚約不履行で直人君を提訴《ていそ》すると言っているんだろう？　裁判に持ち込まれて、不利な証拠がボロボロ提出されるようなら、水面下の手打ちでことを収めて早々の火消しを図ったほうが得策《とくさく》なんじゃないのか？」

「まあ、マスコミに対して自分自身の恥部《ちぶ》を晒《さら》すことにもなる醜聞《しゅうぶん》を売っているわけですから、女の目的は金でしょうからね。仮に直人君に対する私怨《しえん》が強いとすると、ことはもうすこし厄介《やっかい》かもしれませんが」

いかにも老獪《ろうかい》な佐々岡の意見に片倉はそう同意を示したが、対して前園がやや異論を挟む。

「しかし、いまさら女を抑《おさ》え込んだとしても、スキャンダル報道が流れてしまったあとですからね。私としては、ここは直人君には釈明会見を開かせて事実無根を主張させるほうがいい気がしますよ。

ただし、あとで裁判になって婚約不履行が認定されると、たしかに泥縄《どろなわ》なんですが」

「うむ。こうした女性問題の場合、失地《しっち》回復を図るのにいちばんなのは、嫁さんが土下座《どげざ》してまわるパフォーマンスなんだがな。私が至りませんでしたために、夫がご迷惑をおかけいたしました。支持者のみなさまにも大変ご心配をおかけしました、とな」

なかば揶揄《やゆ》めいてか細い女性の声音《こわね》を真似てみせ、佐々岡の視線が流れた先には、直人ではなく片倉がいる。

いや片倉は一昨年、銀座《ぎんざ》のホステスと路上で濃厚なキスを交わしている場面を写真週刊誌に撮られ、不倫を糾弾《きゅうだん》されるという騒ぎを起こしているのだ。彼の場合、そのホステスとのそれ以上の関係は全面的に否定し、また相手の女性が沈黙を守ったのだが、直人の件に対する彼のいまの意見からすると、もしかして女性に金を積んだ上での口封じを図ったのかもしれない。

ともかくスキャンダル後の前回の選挙では、元女優として知名度もある片倉の妻が地味な装いに身をやつし、地元で連日、夫のために深々と頭を下げて歩くというドブ板式の選挙戦を展開した。おかげで下世話な好奇心混じりの同情票を集め、みごと、前回より二割増しの得票での当選を果たしているのだ。

佐々岡からその一件を当てこすられて、片倉は苦笑いをよぎらせながら肩をすくめる。

「直人君は独身だから、その手は使えませんよ」

「そうだな。こんごのこともあるわけだから、君も片倉君を見習って、早々に世間受けのいい良妻賢母系の女と結婚しておくべきかもしらんな」

直人の進退にはまだ触れないまま、ともかくこの場を締めた佐々岡の言は、先達《せんだつ》の経験に基づくありがたいご指南——とでも受け取っておくべきものなのか。こちらの事情を度外視《どがいし》したその言に、だがこの場で異論を挟むわけにもいかず、直人としては、ただ頭を垂れているしかない。

お呼び出しから解放されて党本部の廊下に出ると、その場に立って直人を待っていたのは木佐貫だった。

「あ、木佐貫さん——」

彼の姿を目にしたとたん、一瞬、ホッと気持ちが緩《ゆる》みそうになった。が、木佐貫の側《がわ》の気配は硬く、お偉方《えらがた》たちに搾《しぼ》られた直人を甘やかすために迎えに来てくれたわけではないことが伝わってくる。

「外でまたマスコミが張っています。なので、大野《おおの》に車をまわさせました。玄関から車寄せまで私がガードしますから、がんばってください。いいですか、『ノーコメント』のひと言でも発したら、それを書かれますからね」

「う…うん、わかった」

そうだった。自分はまだ、トラブルのまっただなかに置かれているのだ。

今日の報道を受けて、さっき、議員会館からこの党本部に移動してくるときも、やはりどこかの社からまわされてきたパパラッチのカメラに追いかけられた。帰りにまた張られているのを想定していてよかったかもしれない。

そのまま気忙《きぜわ》しく一階エントランスに向かい、党本部の玄関を出るところからは、木佐貫に肩を抱かれるようにして待機していた車をめざした。

焚《た》かれるフラッシュ。直人のコメントを求めて投げかけられる取材者の声。

こんな場面を、直人は前にも経験している。そのときパパラッチたちのターゲットだったのは、番《ばん》宣《せん》を担当していたドラマの助演女優だ。当時、ブレイク中だった彼女に既婚俳優とのスキャンダルが持ち上がり、収録後の移動の際に、所属事務所のマネージャーを手伝って突撃取材から彼女をガードした。

しかし本当なら、いま複数のカメラに収められているこの絵ヅラのほうが、報道されているガセの疑惑なんかよりよほどスキャンダラスではないか。肩を抱き、抱かれて急ぐ木佐貫と直人のあいだには、現在進行形で身体《からだ》の関係があるのだから。

が、そんなことは、まさかどのマスコミも気がつかない。仮に鼻が利く奴がいてなにかを察したとしても、そんな話がマスメディアで取り上げられることもない。

この晩、直人はもともと難病児童の支援チャリティーコンサートに出席するはずだった。しかし予定外のお呼び出しで、開演時間もとうに過ぎてしまっている。

車の後部シートに並んで乗り込むと、木佐貫は、五反田《ごたんだ》のコンサート会場ではなく赤坂《あかさか》の議員宿舎へ向かうよう運転席の第二秘書に指示を出した。

「――で、どうでしたか？」

続いて直人に求められたのは、お偉方から呼び出された席での感触の報告だろう。

「ん……なんか、オレの言い分はちっとも信じてもらえなかったよ。彼女の訴えは事実無根で、つき合ったこともないただの知り合いだって説明したんだけど、先生たちは、オレがヘタな遊びかたをしたあげくのツケだろうって、頭から思い込んでる感じでさ」

「そうですか。とりあえず、辞職うんぬんといった話はなかったんですね？」

「そこまでは、まだ。とにかくこれ以上報道が広がらないように、なんとか彼女の動きを抑えろ、って意向だった」

「なるほど。脛《すね》に傷持つ身だろうとなかろうと、ここは頭を低くして、スキャンダルが通り過ぎるまで耐え忍べ、ということですか。世間の風当たりがよほど強くならない限り、党としても、所属議員の女性問題での辞職なんてケースは出したくないですからね。まだ選挙も終わったばかりで、つぎの解散までおそらく二、三年はあるわけですし」

当然ながら、重鎮方は、今回の直人のスキャンダルをなるべく穏便《おんびん》に収め、党全体のイメージダウンにまで波及《はきゅう》させないことをまず最優先に考える。そうした党側の意向を受けて事態への対処《たいしょ》を思索する木佐貫の横顔は、やはり険《けわ》しい。

「なるべく早く結婚しろ……って、言われたよ。女性問題が出ちゃったときには、支持者の前で奥さんに土下座させるのがいちばんだからって」

険しい横顔をうかがいながら、吐息《といき》混じりに言い添えた。

いまの直人が抱えるプライベートな状況からして、奥さんをもらえ、などというアドバイスは、とてもじゃないが受け容《い》れられる話ではない。その事情をただひとり知っているのが木佐貫で、彼もまた、そんな洒落《しゃれ》にもならない話は一緒に聞き流してくれるはずだった。

——が。

「なるほど。たしかにそれは効果があるかもしれませんね」

いかにもドライな返答に、え？　と、反問の声が洩《も》れかけた。とたん、木佐貫は車窓の外に視線を投げてしまったので、その表情はうかがえない。

それが真意なのか、それともたんなる建前なのか。すぐにでも問いただしたい気持ちに駆られたけれど、運転席では第二秘書の大野がハンドルを握っている。彼の耳が気になって、直人もさすがにそれ以上深くは突っ込めない。

とにかく思わぬ事態で予定が変わり、おかげでふだんよりもだいぶ早い帰宅になった。

「夕食は、店屋物《てんやもの》でも取りましょう。今日はもう、わざわざ外に出るのも面倒ですから」

宿舎の部屋でふたりきりに戻っても、木佐貫の堅苦しい口調は相変わらずだ。

が、食事の話を持ち出されて初めて気がついた。そういえば、今日は結局、議員会館の食堂でのうのうと食事をしていられるような状況ではなくなってしまい、あのまま昼も摂り損ねてしまっていた。

日中、閉め切っていた部屋の窓を開けにかかる木佐貫の背中に「うん、そうしよう」と返事をして、ついでに尋ねる。

「あのさ。オレ、もうビール呑《の》んでもいい？」

今夜はもう外向きの仕事はないにしても、たぶん、これから今後の対処法を講じる打ち合わせをしておかなければならない。それでも帰宅してまた緊張の糸が解け、ドッと疲労を感じていつも以上にアルコールが欲しかった。

その気持ちは、木佐貫も汲んでくれたらしい。了承を示してうなずくと、キッチンへ向かおうとした直人を制してグラスとビールの小瓶を運んできてくれた。

いつもどおり、グラスは直人の分だけだ。木佐貫が自分のために持ってきたのは、よく飲んでいるペットボトルのウーロン茶。

ソファテーブルに置きっぱなしにしているクリストフルの栓抜きで抜栓《ばっせん》して、瓶《びん》の中身をグラスに移す。こんな晩でもギネスの泡《あわ》は白くきめ細やかに立ち上がり、ビール液の色味も黒々と深い。

「――ねえ、木佐貫さん」

ビールでひと息入れるなり、ぼそりと呼びかけた。差し向かいに座った木佐貫も、ウーロン茶で喉を湿らせながら目を上げる。

「さっきの話。あれって、本気？」

「なんの話ですか？」

「だから、言ったじゃん。オレに結婚しろって……」

つい、恨《うら》みがましく唇を尖らせた直人に対して、木佐貫はけげんそうに瞬《まばた》きし、それから眉間《みけん》に小さな皺《しわ》を刻んでみせた。

「べつに、私が貴方に結婚しろと命じたわけではありませんよ。佐々岡先生からそう助言されたのでしょう？　先生がおっしゃるとおり、政治家に女性問題が持ち上がったときには、奥さんの対応次第で状況が百八十度変わります。そうでなくても、できた奥さんというのは選挙の際に非常に有効な戦力になるものですからね。貴方にしたって、こと女性がらみで悪い評判が定着してしまうようなら、どこかの時点で身を固めることをお考えになるべきなのは事実でしょう」

「木佐貫さん。それ、本気で言ってるの？」

いつもどおり、四角四面《しかくしめん》に説く木佐貫に、言い返したとたん、目頭が熱くなりかける。

直人は悲しくなっていた。彼の言い分は、つまるところ、自分たちの関係をまるきり度外視したものではないか。直人の結婚うんぬんについて、木佐貫自身はあくまで第三者、部外者でしかないのか？

「政治家って、ぜったいに奥さんいなくちゃいけないの？　じゃあさ、もしオレがいい奥さん見つけて結婚したとしたら、木佐貫さんはどうするつもり？　俺と別れる？　秘書も辞《や》めちゃう？　それとも、平気な顔してオレの奥さんにも政治家の妻としての心得《こころえ》をレクチャーしたりするわけ？」

自分の口からこぼれ出た架空の状況が、とたん、鮮明な絵ヅラになって頭に浮かぶ。

同じこの部屋のこの場所で、左手の薬指に揃いの指輪をした奥さんとふたりで並ばせられ、木佐貫から代議士夫婦としての振る舞いについてダメ出しを受けている場面。奥さんの姿はきれいな巻き髪にニットのアンサンブルといった、ちょうどふだんの直人の母とよく似た雰囲気で。ただし、だれとも知れない顔のなかには、古典的なマンガのようにへのへのもへじが描き込まれている。

そうして木佐貫はそんなとき、かつての日々、このソファの上や奥の部屋のベッドで彼女の夫と何度となくセックスしていたことなんて、おくびにも出さずに説教を垂れるのである。

「待ってください、直人さん。私はだから、貴方が政治家としてやっていくために最善の方策を考える場合、結婚して奥さんをもらわれるというのもアリかと申し上げているだけです。そんなことより目下の問題は、貴方を告発してきた例の女性のことでしょう。彼女は貴方に対して、婚約不履行の名《めい》目《もく》で損害賠償《ばいしょう》訴訟を起こすとまで言っているんですよね？　実際のところ、裁判に持ち込まれたとして本当に大丈夫なんですか？　法廷で、相手方から貴方と深い関係があった証拠がボロボロ出てきて、こちらサイドが立ち往生《おうじょう》させられる――なんてことには決してならないと明言《めいげん》できますか？」

　木佐貫から逆に問いただされて、直人はうるんだ瞳を大きく瞠《みは》った。

「木佐貫さんも、信じてないの？　言ったじゃん。オレ、マノンちゃんとはほんとになんでもなかったんだって」

「その主張はたしかにうかがいました。ですがあれは日中、事務所で受けたご説明でしたからね。大野や林さんの耳もあったあの場で、私としても突っ込みづらい部分はありましたよ」

「け、けど……」

「じゃあ――たとえばこの写真についてはどう釈明《しゃくめい》なさるんですか？」

　足元に置いていた書類鞄から木佐貫が取り出したのは、直人のスキャンダル記事が掲載された例の週刊誌。今日のうちに、彼もこの早刷り版を手に入れ内容をチェックしていたようだ。

　テーブルに叩きつけるようにして広げて置かれたページには、M子ことマノンちゃんと直人が頬を寄せ合いピースサインを作った、バカ丸出しのツーショット写真が掲載されている。

「だから、これは店で呑んでたときに携帯かなんかで撮った写真だと思うって。こんな写真撮ったのも覚えてないけど、それしかあり得ないから」

「ここが店のなかだとはっきりわかるような背景が写り込んでいませんから、これだってかなりまずいですよ。いったいどういう状況だったのか、向こうはいくらでもでっち上げることができるじゃありませんか。この手の写真や浮《うわ》ついたメールなんかがぼろぼろ出てくるようだと、本当にまずい」

「そんなこと言われたって、一緒に撮った写メがあるぐらいで婚約不履行が証明されちゃうの？　こんな写真なら、オレ、いろんな女の子といくらでも撮ってるよ？」

「そうでしょうね、おそらく。貴方は過去にいろんな女性といろいろおありだったわけで、たぶん、そこここで軽率《けいそつ》な証拠をバラまきまくってきたんでしょう。おかげであと始末が大変ですよ、まったく――」

言い捨てて、フウッ、と苦々しげな嘆息《たんそく》をひとつ洩らす。

「とにかく、このM子については調査が必要でしょう。彼女がいくらキャバクラだかガールズバーだか、風俗一歩手前の店で働いているような女性だとしても、ふつうは自分の過去の交際相手のことをマスコミに告発なんてしないものです。あげく、裁判ですよ？　マスコミの取材は仮名で受けられても、裁判になれば本名からなにから明かされます。そこまでするのはよほど金になる話だったのか、でなければ、貴方に対してよほど強い私怨を抱いているか、でしょう」

金か、でなければ強い私怨――。金はともかく、そんな私怨を抱かれるような感情のもつれが彼女とのあいだに存在したはずはないのだが、木佐貫はつまり、直人がいくら否定してもまだ後者の可能性を疑っているのだろう。

たしかに自分の過去の行状を考えれば、信じてもらえないのも当然か、と思わざるを得ないものはある。軽率のそしりも甘んじて受けるしかない。

たしかに自分は快楽に流されやすく、性的にだらしのない人間だ。気持ちがよければ男同士のセックスさえあっさりと受け入れ、関係を持ち続けてしまうほど無節操《むせっそう》だ。

事実として木佐貫からそう思われているとしても、それはしかたのないことで——。

「……ごめん。オレ、バカで軽率で考えなしで。けど知ってるよね？　いまはオレ、木佐貫さんしかいないから」

また泣きたい気分に駆られて目を伏せながら、それでも最後の釈明を試みた。

木佐貫は青筋の立ちまくっていたこめかみに指を当て、もういちど苦い嘆息を洩らす。

「当たり前です。私がこうしておそばにいる以上、ほかで悪さなんてさせるわけがないでしょう？けどね、どうしたって、貴方の過去には手の出しようがない」

吐き捨てるようなきつい言葉に、直人のこうべは重たく垂れる。

目の端に、注いだまま忘れていたギネスのグラスが映った。のろのろと手を伸ばして、ひと口啜る。苦かった。いつもは好きな味なのに、ちっともおいしいと思えない。

と、かたわらの肘掛越しに床に手を伸ばし、自分の鞄を探って財布《さいふ》を取り出した。立ち上がって、さっき脱いでソファの背にかけてあった上着を羽織《はお》り直す。

「──なんですか？」

唐突《とうとつ》な直人の行動に、木佐貫が不審《ふしん》な目を向けてくる。

「ビールじゃ足りない。酒、買ってこさせて」

了承も待たず、きびすを返した。リビングを出ていく直人の背中を送ったのは、たぶん、また呆《あき》れ果てたまなざしだろうか。


赤坂の繁華街までとぼとぼと歩き、ちょっと大きな酒屋に入って好きなアイラ島産のスコッチを手に入れた。

外に出てきたのは酒が欲しかったせいもある。が、もうあれ以上、木佐貫からキツい叱責《しっせき》を浴び続けるのが辛くなってしまっていたのも大きかった。

考えてみれば、宿舎に酒を持ち帰っても、木佐貫がつき合ってくれることはない。酔うほど呑むな、明日のことを気にしろと、またうるさい小言《こごと》が降ってくるだけだ。

どこかの店で呑みながら時間をつぶして遅くに帰るのがいちばん楽にちがいなかったが、今日の日中、あんな報道があったばかりなのだ。さすがに人目が気になって、おちおちヤケ酒に浸《ひた》ることもできそうにない。だいいち、どれだけ遅く帰っても、木佐貫が直人を待たず先に寝ていることはない。

せめてもうすこしだけ帰宅を引き延《の》ばそうと、歩道を宿舎とは反対方向に歩き出した。

弱り目に祟《たた》り目。泣きっ面に蜂。踏んだり蹴ったり。ここまで今日一日のなりゆきに、そんな慣用句がぐるぐるめぐる。

でもたぶん、こんなに気分が沈むのは、身に覚えのないスキャンダルで窮地《きゅうち》に立たされているためだけじゃない。この状況下で示された、どうやらあれが本音であるらしい木佐貫の気持ち……。

直人の軽率さをあんなふうに責め詰《なじ》ってはいても、彼はたぶん、議員としての直人の立場をどうにか守ろうとしてくれる。訴訟になるならなるで、彼に任せておけば最善の策を講じてくれるだろう。

その点は、わかっているし、信じている。

ただ、それだけなのだ。彼にとって大切なのは、健人の後継に据えた「うちの先生」としての直人の存在でしかない。だから議員の立場を守るために必要だと考えれば、彼は本気で直人を結婚させようともする。

もしかすると、ここしばらく、直人は木佐貫の気持ちを勝手に誤解していたのかもしれない。

「貴方が欲しい」と求められて、彼と身体をつないだ。毎朝のちいさな、でもはの甘いキスの習慣が始まった。そうして彼との関係が、以前とはちがうものに変わったかのように思い込んでいた。

だけど身体の関係は進展しても、じつのところ、木佐貫の気持ちの核の部分は以前となにも変わっていなかったのか。

彼から見れば、直人はしょせん、首根っこを押さえておかなければすぐふらふらと外の誘惑に引かかり、バカげた悪さをしでかすにちがいないお荷物だ。そんな困ったちゃんな先生の管理業務を、公私にわたって有能な政策秘書として、木佐貫はいまも粛々《しゅくしゅく》と続けているだけ。

しかし、直人はそれではいやだ。耐えられない。自分でもなんだかよくわからない、とらえどころのない感情を木佐貫に求めている。

とぼとぼとあてどなく歩き続けながら、ほころんだ唇から溜め息が洩れた。

いまの直人にとって、木佐貫は、ことさら大事な人間関係のすべてを占める存在だ。

議員の仕事を支えてくれる頼もしい右腕。政治家としてのまだまだ足りない知見《ちけん》を磨《みが》かせてくれる家庭教師。日々同じ部屋での暮らしを送り、寝食も、短い余暇《よか》も、セックスも、日常のすべてをともにしているパートナー。

彼がいなければ、直人の日常はどれもこれもが立ち行かない。そのどこか一角からでも彼の存在が失われるなんて、それがいつか先々の未来のことだとしても考えたくはない。

なのに、直人の側が必要とするほどに、彼にとっての自分は不可欠な存在ではなくて……。

そう――もしも、なにかたしかに変わったものがあるとすれば、それは直人自身の一方的な気持ちのありかたなのだ。

上着のポケットのなかで、スマートホンが振動し始めた。ポケットから取り出してみると、モニタに電話の着信を示すマークと木佐貫の名前が表示されている。

一瞬、受話するかどうか迷ったが、無視を続けるわけにもいかないか、と諦《あきら》める。

「——なに？」

短く応じた自分の声が、すこし掠れて沈んでいる。

『欲しいお酒は買えたのでしょう？　だったら、もうお帰りなさい』

対して耳をくすぐるのは、聞き慣れた彼のいつもの声音。

『宿舎にお帰りになるなら、方向が逆ですよ。また迷子になるおつもりですか？』

「……え？」

『そんなふうに、いつまでも肩を落として歩いていてはいけません。貴方にその気がなくても、悪い相手に目をつけられて攫《さら》われてしまいそうだ』

まるでいまの直人の姿が見えているような口ぶりに、とっさに周囲を見まわした。いや実際、木佐貫の視野にはこちらの姿が捕えられているのだ。

同じ歩道の五十メートルほどうしろから、電話機を片手にした彼がやってくる。

いつもながらの無愛想なそのおももちを、ぼんやり瞠目《どうもく》しながら迎えた。

「……ついて来てたの？　どして？」

「貴方はなにせ、すぐ迷子におなりになりますから」

「心配、したんだ。放っておいたら、オレがどっかで遊んでハメ外してくるんじゃないか、とか」

「そうじゃありません。ただ、あんな……いまにも泣きそうな顔で出て行かれたから、さすがに放っておけないでしょう？」

自重混じりの当て推量に、返ってきたのは思いがけないやさしい否定。直人は二、三度瞬きして、それからハハ……と、空笑《から》いを誘われる。

「……ちょっとは気にしてくれるんだ。オレの、気持ちとか……」

嬉しいのか、逆に情けないのかよくわからない。とにかくまた半べそ気分が湧《わ》いてくる。

木佐貫は、部屋を出がけの直人の泣き出しそうな顔に気づいていた。だとしたら、直人がなぜ泣きたい心地に駆られていたのか、その理由はどこまで察してくれているのか？

木佐貫の腕が差しのべられ、直人が提《さ》げていた酒屋の袋を取った。

袋の中身は酒瓶が一本。べつにたいした荷物でもなかったが、それをわざわざ代わって持ってくれようとする。

示された気遣《きづか》いに逆らうだけの気力もなくて、荷物を木佐貫にゆだねた。ふたり並んで、宿舎の方向へと歩き出した。

まもなくおもて通りと交わる路地を折れて、とたんに人気の少なくなる住宅街にわけ入る。

このあたりはふた月ほど前、灰原《はいばら》議員に誘い出された料亭《りょうてい》からの帰りに通ったのと同じ場所だ。季節は進み、まだ冷ややかだった夜風はすっかり生温《なまぬる》くなっていたが、繁華街から一歩外《はず》れたひっそりとした空気感には変わりがない。

「――ね、木佐貫さん」

暗いアスファルトの路面に目を落として、ちいさな声で呼びかけた。かたわらから、「はい」と応えが返ってくる。

「オレさ、選挙のとき役に立つだけの奥さんなんていらないよ。そんなへのへのもへじの奥さんより、木佐貫さんのほうがずっと必要だから」

「なんですか。そのへのへのもへじ、というのは？」

けっこう切実《せつじつ》なつもりの訴えよりも、まず木佐貫がひっかかりを覚えたのは、直人が使った妙なたとえのほうだったようだ。

「だから、オレの未来の奥さん。どんなひとだかわかんないし、どうでもいいから、へのへのもへじ」

「なるほど、ね」

あいづちを打った口の端から、一緒に苦笑の気配が洩れる。

「私か、貴方の未来の奥さまか、どちらか択一《たくいつ》になさる必要があるんですか？　仮に貴方が結婚なさったとして、私が貴方を手放すとでも？」

「……え？」

一瞬、投げ返されたその意味がよくわからなくて、直人は木佐貫を振り仰《あお》いだ。

「だって。手放さ……ないの？」

「当然でしょう。必要に迫られて貴方を結婚させたとしたら、私は貴方の愛人の立場に甘んじるだけですから」

「あ、愛人？　木佐貫さんが、オレの？」

愛人――という言葉のニュアンスと、かたわらの男の堅い風貌《ふうぼう》。それを引き比べてみての、どうしようもない違和感。

いや。当然と言われても、木佐貫が、まさかそんな覚悟で直人に結婚を勧めていたとは思わなかった。にしたって、夫をこんな怖い愛人に牛耳《ぎゅうじ》られる妻の立場はどうなるのだ？

さすがにそれはないだろう未来のビジョンをちょっとリアルに想像して、直人は困惑混じりに首を振る。

「ダメだよ、そんなの。いくらへのへのもへじだって、奥さん、かわいそう過ぎる」

「ですか？」

「うん、ダメ。ふつうに考えて、そんな結婚あんまりだって」

とにかくきっぱり返しておいて、ついで、アハハ……と、力の抜けた笑いが洩れた。

だれとも知れないへのへのもへじとの結婚を前提としても、木佐貫には、自分を手放すつもりなんてさらさらなかった。直人としては、その点は安堵《あんど》していいところなのかもしれない。

しかし今回に限っては、たぶん、かなり非常識な木佐貫の発想よりも、直人の意見のほうがまっとうだろう。

いつもいつも、バカなのはこっちのほうだと思っていたけれど、こと人間の心の機微《きび》に関しては、だれより賢いはずのこの男にも、十二分にバカなところがあるのではないか？

「……それは、困りましたね」

端的《たんてき》に自説を却下《きゃっか》された木佐貫も、しばし考え込んでしまったようだ。

「貴方の結婚は、今日のようなトラブルがなくても、つぎの選挙が視野に入るころにはかならず浮上してくる問題なんですが」

「だから、言ってるじゃん。べつに結婚なんかしなくていいって。オレには木佐貫さんのほうが必要だって」

「いや、私はね、直人さん。もともとべつの道を歩もうとされていた貴方を、あえて政治の世界に引きずり込んだ人間です。この世界で、だからどこまでも貴方をお支えする責任がある。それが逆に、貴方のキャリアのマイナスになるような存在であってはなりません」

「そこまで言うんなら、責任取ってよ。責任取って、木佐貫さんがオレと結婚してくれたらいいじゃない！」

いい加減、堂々めぐりの話の通じなさに焦《じ》れて、直人は憤然《ふんぜん》と言い返した。オレと結婚って、そりゃ無茶ぶりだろう——と、我ながら思う。

しかもその無茶ぶりをいっそう無茶だと思わせたのは、とっさに浮かんだ、式服のモーニング着用の自分とそのかたわらに添う、いつもの眼鏡と仏頂面《ぶっちょうづら》に白い花嫁ドレスを纏《まと》った彼の姿のイメージで……。

木佐貫も瞬時、返答に詰まって直人を見返してきた。よもや同じイメージをよぎらせていたわけではないだろうが、長い指がこめかみを押さえ、苦々しげに眉根が寄せられて。

が、しかし——。

「そうできるものなら、とっくにプロポーズしてますよ」

「——ひぇっ？」

またもやまさかのリアクションに、こんどは直人が二の句を失わせられる番だった。

と、そのとき。常夜灯《じょうやとう》の明かり頼みでたがいに向き合うふたりのあいだに、一条の光がサッと投げかけられた。

ふたりはすでに宿舎の敷地にたどり着き、植込みのかたわらで足を止めて立ち話している状態になっていた。

その、なにか言い争うような声を聞きとがめたのだろう。現れたのは懐中電灯を片手に敷地内を巡回しているガードマンで、制帽の下から不審なまなざしを向けられる。

「あ。お、お疲れさまです」

とっさに声を発した直人に対して、ガードマンは、その顔で宿舎に入居している議員だとわかってくれたのか。とにかく懐中電灯のライトはすぐ外され、代わりに軽い目礼《もくれい》が返ってきた。木佐貫とともに、そこで慌《あわ》てて建物内へと足を向ける。

手持ちのカードキーを使って、木佐貫がエントランスを開錠した。

ほかに相客もなかったエレベーターに乗り込むと、直人の視線は自然、かたわらの男の端正《たんせい》な横顔に吸い寄せられた。

心臓が、トクトクと速くなってくる。

「あのさ、さっきの話――」

「ここがフランスなら、と思いますよ。フランスでなく、オランダでもベルギーでも、ニューヨークでもカリフォルニアでもかまいませんが」

おもてで途切れた話題を蒸し返そうとしたのをさえぎって、やおら、国名や州名が並べ立てられた。

脈絡《みゃくらく》がつかめず、直人はちいさく首をかしげる。

「なに、それ？」

「ご存じありませんか？　としたら新聞をお読みになるとき、国際面ももうすこし丁寧にごらんください。フランスでは、この夏から同性婚を認める法律が施行《しこう》されることになっています」

「……同性、婚？」

「そう。ヨーロッパでも、もう十年ほど前に先陣を切って同性婚の認可に踏み切ったのはオランダで、ベルギー、スペインがそれに続きました。アメリカではマサチューセッツ州が同性間の結婚を認めない法律を違憲だとした最高裁の判例から同性婚がスタートして、その後、カリフォルニア州やコネチカット州、メイン州、ニューヨーク州と――」

エレベーターが居住階に到着し、開いたドアから内廊下に吐き出された。そのまま木佐貫のレクチャーを聞かされながら、居室《きょしつ》に至る。

「法律は、コモンセンスに基づいて制定されるものです。逆に法律が定まれば、世の常識もそれにしたがいます。日本でも欧米各国、そして中南米やオセアニア諸国にまで広がるこの国際水準にしたがって、いずれは同性婚の認可に向かうのではないかとは思います。ですが、現時点ではまだ無理だ。婚姻の前段階と言えるパートナー法案さえ、いまだに国会で議論の俎上《そじょう》に挙《あ》げられたことさえない現状ですから」

レクチャーの堅苦しさはともかくとして、直人にも、木佐貫の言わんとしているところは知れた。

同性婚――そんな制度があり得るのか。いままで考えたこともなかった。結婚は、「両性の合意に基づいてなされる」もので、つまり女の子相手でないと不可能だろうと思っていた。

だけど、もし日本でもそんな制度が成立すれば、恋した相手が異性であれ同性であれ、心のままに好きなひとと添う未来を求めることができる。好きなひとと、周囲の社会にも認められた正式なパートナーになれる。

国会議員という公的な立場にある直人にとって、そうした法的、社会的な承認は、ことさら必要の……。

「木佐貫さん、ねえ――」

提げていた酒瓶を袋から出し、ソファテーブルに載せていた木佐貫の前にまわり込む。腕をつかんで、一緒にソファに座らせた。買い物のあと始末や酒の準備なんかより、いまは訊《き》きたいことがある。

「もし――もしもだよ。そういう法律があったとしたら、オレにプロポーズ、してくれるつもりなの？」

「だから、現在の日本にはそうした法制度はありません。いずれ制定されるとしても、施行はまず十年後の話でしょう」

直人のまなざしを受け止めながら、やはり憮然《ぶぜん》と木佐貫は応じる。

「ズルいよ。そんな逃げかた」

直人は焦れて、握ったこぶしで厚みのある胸板を叩く。

「教えてよ。木佐貫さん、オレのことが――好き？」

「苦手だと言ってるでしょう？　そういう歯の浮きそうなセリフは」

頭のなかでは結婚だのプロポーズだのいったことまで考えているくせに、直人に対して甘い言葉を吐くのはそんなに癪《しゃく》に障《さわ》るのか、木佐貫は、まるで苦虫を嚙みつぶしたような顔で言い捨てる。代わりにすこし乱暴なしぐさで両腕が直人の脇に差し入れられて、一瞬、ふわりと身体が宙に浮いた。

硬い膝の上に抱き上げられて、言葉を封じるように唇を塞《ふさ》がれる。

毎朝もらうそれに似た、唇と唇をこすり合わせてほんのすこしだけ湿り気を帯びさせるソフトなキス。

「——これでは、足りませんか？」

唇を離して問いかけてきたのは、とうてい、キスをくれたばかりとは思えない仏頂面だ。

「足りない、足りないから。お願い、頼むよ」

本当は、お願いなんかしないでも聞きたい言葉を伝えてほしかった。だけどこのシニカルで不器用な堅物男には、どうにも難しいリクエストなのか。

「オレはね、木佐貫さんが好き。木佐貫さんにずっと一緒にいてほしい」

返ってこない言葉の代わりに、しかたなく、自分のほうから言ってしまった。口に出してみて、そうだよな、と改めて思う。

「オレ、もうしないよ。木佐貫さん以外とはだれともしない」

「女の子とも——ですか？」

「うん、しない。しないから」

さっきもこの場で釈明したとおり、マノンちゃんとの婚約不履行はきっぱりと濡れ衣だった。が、それ以外のいろいろな女の子たちと、かつての直人が楽しい時間を過ごしてきたのは事実である。過去には手を出せない――と、木佐貫が憤《いきどお》っていたが、直人自身、自分の過去をいまさら改めることはできない相談だ。

しかし、直人は知らなかったのだ。身体と身体をつなげる行為が行きつく先に、もしかすると待っている、快楽だけじゃないものを。目には見えない心と心をつなげることはできないから、代わりに身体と身体を結び合わせたくなるのだという、たぶん、すごく当たり前なことを。

いまはもう、刹那《せつな》的な快楽だけなら直人はいらない。直人はたぶん、もっとずっと貪欲《どんよく》になっている。この、すぐにも手が届きそうな場所にいるこの男には。

だから――。

「だから、木佐貫さんがたくさんしてよ」

以前は大好きだった柔《やわ》らかい、かわいらしい女の子たちの肉体とはずいぶんちがう、引き締まった硬い胸板に顔を伏せる。

「オレね、木佐貫さんとするたびに、バカがすこし治る気がするんだ」

べつにおもしろい冗談のつもりでもなんでもなく、けっこう本気で言ったのに、直人を膝に抱えた格好の木佐貫は、珍しく思い切り破顔《はがん》していた。

「貴方のその、治りようのないバカさ加減がいっそいとしいですよ」

「へ……治ら、ない……？」

「ですが、心配はいりません。べつにバカが治らなくても、たくさんかわいがってあげますから。それでむしろバカがひどくなったとしても、責任は私が取りましょう」

甘いセリフは苦手だという彼は、こんなふうに、ちょっと斜《はす》にかまえたシニカルな言を弄《ろう》するのは得意らしい。それでもレンズの下の双眸《そうぼう》を細めながら、もういちど、さっきよりも熱くて淫《みだ》らなキスをされた。

「……ほんとうは、今夜は貴方とこんなことをしている場合じゃなかったんですけどね」

息が苦しくなるころようやく離れた唇は、そのまま直人の頬をよぎり、首筋を這《は》い、鎖骨《さこつ》をついばんだ。同時に引き出されたシャツの裾から差し入れられたてのひらが脇腹を伝い、胸板を撫《な》で、長い指先でもう尖ってしまっていた乳首をつまみ上げられた。

んん……と、声にならない声が洩れる。

直人のなかで、ひとつの記憶が甦《よみがえ》っていた。

初めて会ったあの日、父の健人から半歩下がった位置に控《ひか》えて、端然《たんぜん》と立っていた長身の男。新しい政策秘書だと紹介されて、まさに「永田町の黒衣《くろご》」の理想像のようだと思えたその姿は、いまも目の奥にくっきりと焼きついている。

自分とは正反対の、たぶん、この先も縁のないタイプだろうな。そう思いながら、なぜだか目を離しがたく彼の姿を追って、妙に淋しい気持ちに駆られたのを覚えている。

どうしてあのとき、そんな気持ちになったのかはわからない。それはなにか、予感のようなものだったのだろうか。心のなかに宿るちいさな萌芽《ほうが》があったのか。

どちらにしても、あのとき湧いた不可解な淋しさは、こうして彼と抱き合うことで、やっと満たされるものだったのかもしれない。

直人の身体を這う手とはべつの手で、スラックスの前が開かれていた。邪魔な下着も除《の》けられて、彼に慰《なぐさ》められるのを待ちかねて膨れかけていた控えめなペニスが露《あら》わにされる。

じかに触れられたとたん、桜色をした先端に、ぷっくりと涙のようなしずくが結んだ。

「あ……フ、んん……」

親指の腹で先端のしずくをすくって周囲にまぶすようにしながら弄《いら》われて、また、声が洩れた。

直人のいいところを、木佐貫はもうよく知っている。いつもいつも、どうしようもなく感じさせられてしまう。でもそれだけじゃ足りなくて、直人は木佐貫がまだ締めたままでいたベルトの金具を外し、スラックスのジッパーを下ろして彼の性器を探り出す。

探り出したそれに手で触れて、ああ、よかった——と、じんわり思う。直人のそれよりひとまわり大きく勃《た》ち上がった性器も先走りを滲《にじ》ませていて、ふたつを揉《も》み合わせると、我慢できないぐらいの快感が走る。

「……ねえ、直人さん」

呼びかけてくる声は、溜め息を孕《はら》んで掠れていた。

「ん……ンン？」

応《こた》える直人のほうは、もう言葉にもならない。

「貴方ほどかわいいひとは、ほかのどこにもいませんよ。たぶん、世界中探しても——」

前と一緒に軽く弄われていた後孔《こうこう》を、待ちきれずに直人は自分から木佐貫の身体の上に進めた。

まだほぐし足りないと思ったのか、木佐貫は瞬時、身を引きかけた。が、それでも局部はたぶん、もうぎりぎり我慢の限界だ。

すっかり硬くなった木佐貫が、直人のなかにわけ入ってくる。直人からも腰を落とすようにしていくと、ずん、身体の奥に圧力がかかる。ちょっと苦しいけれど、喜びのほうがずっと勝《まさ》る。

この熱を、直人はもう知っている。この熱がもたらしてくれる快感も。

木佐貫と、つながっている。このままもう、ずっと離れずにいられたらいい。

Ｍ子ことマノンちゃんが直人を提訴した、という続報があったのは、二日ほどあとのことだった。まだ直人のもとに送達《そうたつ》されてきてはいなかったが、裁判所に訴状が受理されていることはすぐ確認できた。

正式に裁判を起こされて、いわゆる《被告人》の立場に置かれたとなると、それが民事ではあっても世間の印象はよろしくない。どのみち国会の会期中で、マスコミに対してノーコメントを貫こうとしても、どこかに身を潜めているわけにもいかなかった。

結局、党の上層部とも相談の上、直人サイドは早々に釈明会見を開くことにした。

釈明会見というのも、媒体《ばいたい》からどんなふうに取り上げられるかによって、かなり印象が変わってくるものだ。しかし直人の場合、もとの勤め先であるＪＡテレビとのパイプがものを言った。Ｍ子の独占インタビューをライバル局に抜かれていたこともあって、ＪＡのワイドショーでは、ここまで撮りためた直人の映像とともに好意的、かつそれなりに大きな扱いで取り上げてくれた。

直人が珍しく真顔で事実関係を全否定する会見だったこともあって、以降はスポーツ紙などの続報も、若干、論調が直人寄りに変わったようだった。

が、それやこれやも、この二、三日はかなり沈静化している。

ひとのうわさも七十五日というけれど、マスコミはことさら飽きが早い。ひとつのネタが、一週間と持ちやしない。しかもこの時期、芸能ジャンルでは、大物映画監督の葬儀や大リーガーと人気女性アーティストのデキ婚といった話題が続いていた。

新人代議士の女性スキャンダルなど、あっさりニュースバリューがなくなったようだ。

ただし、リアルで直人とつながりのあるひとたちにとっては、そう簡単に古い話題として流してしまうこともできない問題ではあった。

「ほんとうに、ご心配おかけして申しわけありません」

そう告げるなり、目の前のテーブル面に額がつきそうなほど低頭する。

「先週末は委員会の調査活動で身体が塞がっていましたが、この週末にはかならず諏訪入りして、地元の支持者のみなさんにもお詫びと直接のご説明をさせていただきますから」

会議テーブルの差し向かいに座って直人からの詫びを受けたのは、後援会長の林歳造《としぞう》——つまりは林莉子の父だ。

本業は、諏訪市内に本社を置く光学機器部品メーカーの社長である。今日は都内で仕事があって上京したついでに、直人に面会を求めてきたそうだ。

「いやいや。お顔を上げてください、直人先生。いまのご説明どおり、女性の訴えがまったく事実無根のでっち上げだとしたら、先生は、むしろ被害者のお立場じゃありませんか」

「林さんからそうおっしゃっていただけると……。ですが、ぼくの側にもそういうでっち上げにつけ込まれる隙があったのは事実です。議員に転身する前のサラリーマン時代のこととはいっても、その当時から、ぼくは議員の息子ですからね。いまにして思えば、我ながら、やっぱりずいぶんと軽率でした」

「ほう……今回のような事態に直面して、先生は、むしろご自身を反省なさった、と」

「ええ。過去の自分についてはもう反省しかできませんが、こうして大事な国会の議席を預かっている以上、支援者のみなさんにご心配をおかけするようなことがあってはいけませんから。今後は厳《げん》に身を慎《つつし》みます。酒の席で店の女の子とふざけて写真を撮らせるような真似は、もう絶対にしませんから」

直人の弁はたんなる建前でも、また懐刀《ふところがたな》の政策秘書に作ってもらったセリフの羅列《られつ》でも決してない。このところ自分のなかでつくづく思い、考えてきたことがらだ。

いや。もともと決して生真面目なたちではない直人がこんな殊勝《しゅしょう》な考えに至ったのは、やっぱりあの堅物男がそばにいるせいで。つまりはたんに好きな男の感化を受けているだけなのだが、そんな事情をつゆほども知らない林は、少々感服したように目尻の皺を深くした。

「そうですか。先生がそのようなお考えでいらっしゃるなら、今後は心配無用ですな。しかし、ひとつご助言差し上げるとしたら、今回のようなあらぬ疑いをはね除けるためにも、そろそろ身を固めることもお考えになっていいのでは？　どうでしょう、身近にいいお相手はいらっしゃらないのですか？」

「それ、政調会長にも言われましたよ」

苦笑含みに応じておいて、直人は林の愛娘《まなむすめ》が向こうで仕事中のドアに目をくれた。

「まわりにいいお嬢さんや、すてきな女性がいないわけじゃないんですけどね。娘さんの莉子さんも、事務所でとってもよくやってくれていますよ。かわいいし、すごくいいお嬢さんだと思います。だからむしろ、たとえばぼくにくださろうとするなんてもったいないですよ」

「え？　あ、いやいや。なにもうちの娘を先生に押しつけようなんて、そんな魂胆《こんたん》じゃありませんよ。もちろん、娘にも社会経験を積ませるだけでなく、いい環境でいい結婚相手が見つかれば――という気持ちもあって東京《とうきょう》に出したのは事実ですが」

ややも見え見えな魂胆にストレートな踏み込みかたをされ、林は目を白黒させながら弁解する。

だが佐々岡からも、そしてこうして林からも持ち出されたように、代議士の自分が独身でいる以上、結婚うんぬんの話はどこまでもつきまとってくるだろう。それに対する返答も、直人のなかではすでに準備済みだった。

「いろいろご心配をおかけして申しわけないんですが、結婚は、ぼく、しばらく無理だと思うんです。

もちろん議席をお預かりしている以上、独身でいることに甘えていい加減な遊びかたをしたりはしません。テレビマン時代とはちがう自覚はあります。けど、だからって政治家としての足元を固めるためとか、選挙のときに役に立つからみたいな理由で、条件が合う女性を急いで探して一緒になるようなことはしたくない。いつか、本当に好きなひとと一緒になれたらいいな、といまは思っています」

こんな意見を青臭い、とか夢見がちだとかと嘲笑《あざわら》う人間は、こと永田町界隈《かいわい》では少なくないのかもしれない。

あるいは、もしや結婚できない条件の相手とつき合っているのか、と勘ぐられる場合もあるのだろうか？　そんなとき、まず疑われるのは既婚者との交際だろうが、恋人が同性という可能性が浮上することもある得るのか？

直人としては、疑いをかけられるぐらいはまったくかまわない。状況が許すなら、いっそカミングアウトしたいぐらいなのだ。だれかさんとはやっぱり逆で、本音を腹に秘めておくのは決して得意なほうじゃない。

と、事務室とのあいだのドアからノックが響いた。続いて入ってきたのはいままた思い浮かべたばかりのだれかさん——いや、日中は直人の政策秘書の立場にある木佐貫だ。

ここ一週間ほど、木佐貫は事務所を留守にして外に出ていることが多かった。まだスキャンダルの渦中《かちゅう》にある直人のガードには、地元事務所から第一秘書の杉本《すぎもと》が呼び寄せられてその任に当たってくれている。

おたがい顔見知りの後援会長に目礼すると、木佐貫は直人に向かって「調査の成果が出ましたよ」と告げた。

「え。調査って、なんの？」

「例のＭ子騒動の背景ですよ。彼女と貴方とのあいだに交際の事実がなかったことを裏づける証拠と、どうして彼女がそんなでっち上げの告発をしでかすに至ったのか。ついでに意外な――というか、むしろ案の定というべき黒幕も浮上しましたから」

このところ木佐貫が出ずっぱりだった理由は知っていたのだから、きょとんと目を丸くした直人の反問は、例によってまの抜けたものだったろう。ふたりきりなら当てこすられたにちがいないが、林の手前、木佐貫もそこは突っ込まずにいてくれる。

「ちょうどいい、林会長にも一緒にご説明ができます」

同席していいのか迷うようなそぶりを見せた林を引き留めて、木佐貫は、提げていたブリーフケースからＡ４サイズの事務封筒二通を取り出した。

封筒のおもてにはマル秘のゴム印と、調査会社の社名に住所等。もう一通の同じサイズの封筒は、こちらは法律事務所の名称が刷り込まれている。

直人のかたわらに着座《ちゃくざ》し、取り出した書類を机上に広げて説明が始まる。

「まず、直人先生と相手女性の携帯電話の履歴《りれき》を、彼女が交際していたと主張していたあたりの時期で通信会社に照会させました。で、おたがいの通話履歴、メール履歴が一切残っていないことが判明しています。もちろん、店で顔を合わせた折に口頭で約束して外で会うといった方法もありますが、すくなくとも一定期間にわたって親密な交際が成立していたとするなら、携帯の履歴がゼロなのは不自然でしょう。彼女の携帯番号さえ知らなかった、という直人先生の主張も裏づけられます」

かたわらから向けられた視線に応えて、うん、と直人はうなずいた。成果が出た——と木佐貫が言うだけあって、調査の結果はこちらに有利なものが揃っているようだ。

「それから、報道の端緒《たんちょ》になった週刊誌の記事の出どころも調査させました。記事はもともとフリーのライターからの持ち込みだったようで、野宮滋《のみやしげる》というそのライターが、いわゆるブラックジャーナリズムと二足のわらじのような輩《やから》だったんです。彼は有限会社のプロダクションを経営しているんですが、最近、コア警備サービスという会社から、調査名目で九百五十万円ほどの入金がされています」

「その入金ってつまり、でっち上げ記事を書かせる報酬《ほうしゅう》だったわけ？」

「いまのところ、その裏づけがはっきり取れていないので、あくまで推測でしかありませんが。それと、おそらくM子にも報酬の支払いがあったと思われますが、彼女への直接の金の動きも確認できていません。こちらはたぶん、ライターの野宮に支払われた報酬にM子への分も含まれていて、彼女には野宮から手渡しで金が払われたのではないでしょうか？　M子が焦げつかせていたクレジットカードの支払いが、先月末の時点できれいに清算されていますから」

で――と、木佐貫の骨ばった指がつぎの書類に移る。

「コア警備というのは、ご存じないかもしれませんが、ほら――」

示されたのは、書類のうちの、コア警備サービスの会社概要が記された部分だ。

都下港区《みなと》内の本社所在地、代表電話番号、業態、設立年月日、資本金。そして、代表取締役の名前は灰原武子《たけこ》となっている。

「――これって」

とっさに書類から目を上げて、直人はそれを木佐貫へと向ける。

「そう。灰原武子というのは、灰原議員の夫人です。コアはつまり、灰原が夫人を経営者に据えて、警察OBを多く雇い入れて動かしている会社なんです。どうやら本業の警備事業だけでなく、灰原がいろいろ裏で画策《かくさく》するときの隠密《おんみつ》活動や、公《おおやけ》にはしにくい資金のトンネル的な役割も果たしているようですが」

「なんですか。それじゃつまり、今回のスキャンダルは、灰原議員が直人先生を陥《おとしい》れるために仕組んだものだった、と――？」

以前、灰原と直人とのあいだにあった確執《かくしつ》について知らない林は、驚きを禁じ得ないおももちだ。

木佐貫は、それに直接は答えず調査の背景だけを伝える。

「とにかく裁判に持ち込まれるということで、先手を打って反証集めにかかることにしたんですよ。もちろんこれは、法廷で事実関係を争うときの提出証拠にもなりますが、その前にまず、ＪＡテレビに改めて事件がねつ造だったことを報道させます。週刊誌の続報も、ストップさせる方向で算段がついていますので」

「いや、さすがは木佐貫さんですな。これだけ裏づけがはっきりしているなら、私も地元で支援者になにか聞かれても堂々と説明ができますよ」

さすが――と、林が感嘆したとおり、たしかに木佐貫からもたらされた報告は、この男が数日間にわたって奔走《ほんそう》していただけのことはある。

「けどさ」と、直人がふと浮かんだ疑問を投げかける。

「調べたらこれだけボロボロ証拠が出てきちゃうのに、オレのこと婚約不履行で訴えたりしてどうするつもりだろう？　実際、彼女とは本当につき合ってないんだし、向こうから証拠らしい証拠は出せないはずなのに」

「ですからこれは、やはりスラップ訴訟というべきものでしょう」

「――スラップ？」

「ええ。日本語で言えば、恫喝《どうかつ》訴訟とでもなるでしょうか。つまり、敵対する相手に対して嫌がらせをする目的で行われる不当訴訟のことです。実際には貴方と交際の事実さえない女性を担ぎ出してきたのは、直人先生と直接の面識があって、かつ金で動かせたのが彼女だったからでしょう。事実無根の訴えですから、最終的に裁判で勝てないことはわかっているでしょうが、それでもいいんです。向こうの目的は、政治家としての直人先生のイメージダウンですからね」

なるほど、直人のイメージダウンが目的であれば、それは今回の報道がなされた時点で充分に果たされている。何か月後かに裁判の判決が出て、直人の側の潔白が証明されたとしても、先についた悪いイメージはなかなか拭えない。注目の新人議員の女性スキャンダルにはニュースバリューがあっても、それがガセだった、という後日報道は、マスコミ的にはもうおもしろくもなんともない。

「ひどい話ですな。それでは直人先生も濡れ衣の着せられ損じゃありませんか」

憤然《ふんぜん》と、林が木佐貫に訴える。

「いえ、ご心配は無用です。政治家は、ひとに名前を知られてなんぼの職業です。無名と比べたら、悪名のほうがまだましでしょう。名前も知らない候補者に投票する有権者はいませんからね。ですから今回の件も、どこかで逆手《さかて》に取って直人先生のプラスにシフトさせてみせますよ」

頼もしく、あるいは不遜《ふそん》に返した木佐貫のかたわらで、しかし、直人のなかによぎっていたのはまたべつの述懐《じゅっかい》だ。

「けど、マノンちゃんの目的はやっぱりお金だったんだ。なら、まだよかったよ。知らないところでなんだかすごく恨《うら》まれてた、とかよりはさ」

それでも袖振り合う程度の知り合いではあった女の子から、事実無根の訴えを起こされた。その奸《かん》計《けい》の理由が身に覚えのない私怨だったとしたら、たぶん、もっと怖かっただろうと思う。ついでにそんなふうに直人と知り合っていた過去を金のために利用し、裏切るような真似をしたのが、実際に関係のあった女の子じゃなくてせめてもだったよな、とも思う。

ちょっとナーバスに目を伏せた直人の感慨には、しかしいま、木佐貫は興味がないようだ。

「では、行きましょうか」

証拠書類をまとめて鞄に収め直し、立ち上がった。

「え、どこへ？」

またきょとんと問い返したのに対して、彼の口の端が剣呑《けんのん》に吊り上がる。

「もちろん。黒幕の御大《おんたい》のところですよ」

このあと娘の莉子と昼食に出るという林とはその場で別れ、木佐貫と直人が向かったのは、同じ議員会館の二階下、七階フロアの一室にある灰原議員の事務所だった。

灰原も、日々分刻みのスケジュールで動いているはずの代議士だ。いきなり訪ねて事務所にいるだろうかと心配したが、タイミングよく在室していた。

それも、チャイムを鳴らすなり木佐貫が押し開けたドアの正面に、打ち合わせ用のソファに座ってあんぐり大口を開けた議員ご本人。かたわらには、その口に分厚《ぶあつ》くスライスした羊羹《ようかん》を運ぼうとしているミニ丈《たけ》ワンピースの女性。

議員はどうやら、優雅なティータイムの最中だったようだ。

「き、君。アポイントもなくいきなり失礼じゃないか」

翳った羊羹を慌ててひと口で飲み下し、むせかけながらの怒声が放たれる。

予期せぬ来客の呆れ果てたような視線に晒されて、ミニワンピの女性が慌ててデスクに戻っていく。デスクが割り当てられているということは、一見、接待職ふうの彼女も秘書のひとりなのだろう。

「申しわけございません。ですが、お訪ねしたのはそちらにとっても急ぎの用向きでしたので」

いま目の当たりにしたうんざりするような光景に対する突っ込みは入れず、木佐貫は、勧めもないのに灰原の差し向かいに座を占めた。直人もおどおどと遠慮ぎみながら、そのとなりに腰かける。

議員会館内の事務所はどこもまったく同じ間取りと内装のはずなのに、この部屋は、直人の事務所とはなんだかずいぶん印象がちがう。壁面には灰原が現首相やら財界の重鎮やらと握手を交わす額入りの写真がずらりと並び、棚の上には開運グッズなのだろう、金箔《きんぱく》の虎だの水晶柱の置物だの、台座に小判を敷き詰めた打ち出の小槌《こづち》だのが飾られている。

なぜか女性ばかりが五人もひしめく秘書たちの香水の匂いがぷんぷん充満していることも、独特の空気感が醸《かも》し出される理由のひとつだろう。

「うちの山本が、さる女性から婚約不履行で訴えを起こされた件についてはご存知ですよね？」

さっそく本題を切り出した木佐貫に対し、灰原は、ソファのなかで腹を突き出すようにしてふんぞり返った。

「ああ、その話なら耳に入ってきているよ。若気の至りとはいえ、直人君も困ったものだな。女性をもてあそんだあげくにぼろ屑のように捨てるとは、不誠実極まりないじゃないか。議員としての資質や品位を問われかねないぞ」

策謀《さくぼう》の黒幕がどの口で言うか――と憤るより先に、この男から品位うんぬんを説かれたことにまずガックリくる。直人の脳裏《のうり》でフラッシュバックしていたのは、あの赤坂の料亭で、透け透けコスチュームのプロ嬢たちにだらしなく鼻の下を伸ばしていた御大の姿。

ともあれここは、直人がよけいな口を挟まずひたすら木佐貫に任せる段取りだ。

木佐貫は、先ほど事務所で直人たちに説明した書類をテーブルの上に取り出した。まずいちばん上に出して見せたのは、コア警備から出版関係のプロダクションへと高額の入金がなされたことを示す報告書だ。

「このH&Iジャーナルというプロダクションは、問題のスキャンダルを週刊誌に売り込んで記事を出させたライターの会社ですね。先生が経営されているコア警備が、こんなブラックジャーナリズムすれすれの会社にいったいどんな仕事を発注されたわけなんでしょう？」

くわしい説明を受けるまでもなく、書類にザッと目を走らせたとたん、尊大にふんぞり返っていた灰原の顔色は一変していた。

「き、君。これは部外秘の企業情報のはずだろう。いったい、なんだってこんなものを——」

「部外秘もなにも、今回の件で、山本は相手の女性から告訴されているんですよ？　裁判となれば、相手方の背景の調査や証拠集めを行うのは当然でしょう。なにしろ山本にはさらさら身に覚えのない話でしたから、実際に交際の過去もない女性がそんな告発をしてくる裏には、どなたか山本を陥れたい人物が糸を引いている可能性はすぐ浮かびました。そしてすこし調べたとたん、おやおや、灰原先生の会社の名前が出てくるじゃありませんか」

「儂《わし》は知らんぞ。コア警備の経営は家内に任せているし、現場がどんな仕事でどういった下請けを使うかなんてことまで知るわけないだろう。だいたい、コアからそのプロダクションへの入金にしたって、直人君の記事と関わりがあるかどうかはわからんじゃないか」

「残念ですが、そのあたりのパイプももちろん調査済みです。今回は、こちらも金に糸目をつけずに興信所を動かしましたからね」

じつのところ、詳細は明かさず不遜に唇の端を吊り上げて見せた木佐貫に、灰原の顔色がさらにどす黒く変色する。

「これは勝手な憶測《おくそく》ですが、もしや灰原先生は、先日の私どもの赤坂での非礼を遺恨《いこん》に思っておられるのでしょうか？　だとしたら、こう申してはなんですが、先生もまたおかわいらしい」

く、と意味深に含み笑いを洩らしてみせ、木佐貫は改めて灰原に目を据えた。

「だとしたら、あの折の非礼は改めてお詫び申し上げます。先生には、あの赤坂でのお気遣いのような形でなく、まだまだ未熟な山本をお導きいただければと思っておりますので。それだけに、国政にとって、そして民友党にとって大変重要なお方であられる灰原先生との内輪揉めめいた話を外に出したくはありません。ですがこれ以上、うちの山本に粘着《ねんちゃく》なさるようでしたら、こちらとしてもなんらかの対処《たいしょ》を考えなければなりませんので――」

「し、失敬な」

「よろしいのですか、灰原先生。ジョーカーは、こちらが押さえさせていただいているんですよ。そのところは、どうぞお忘れなく」

直人と女性との交際や婚約の事実が立証できずに裁判が負けに終わることは、灰原サイドでもハナから想定していただろう。が、先手を打って木佐貫が奔走し、スキャンダルの背後に黒幕の影がチラつく証拠まで押さえて談判してくるとは思いもしなかったのか。

こんどは不遜な笑みさえ添えずに最終宣告を下した直人の政策秘書に対して、額に嫌な汗を滲ませた灰原は、どうやらもはや、返す言葉もないようだ。

「あの顔、見た？　可笑《おか》しかったね！　ガマの油ってさ、きっとあんな感じじゃない？」

灰原の事務所を辞《じ》して廊下に出たとたん、こらえきれず、直人の口から失笑が洩れていた。それでも小声に控えたつもりだったが、シッ、と、木佐貫から唇に指を当ててたしなめられる。

「あ、ごめん。けどさ、あんなふうに脅《おど》しかけとくみたいなやりかたして、大丈夫なの？　灰原先生からますます恨みを買ったりしない？」

「大丈夫。基本、政治家は損得で動くものです。貴方のように、個人的な情実《じょうじつ》に流されて右往左往したりはしませんから。あの手の御仁《ごじん》は、強いものには尻尾《しっぽ》を振って弱いものには容赦《ようしゃ》なく牙を剝《む》く、弱肉強食の基本を守ります。罠《わな》にハメられて泣き寝入りするようでは、逆になめられる一方ですよ」

「そ、そっか」

「あのコア警備という会社は、いろいろうしろ暗いところがあるようですからね。変につつきまわされるのは、灰原先生としてもぜひ避けたいところのはずです。そこを見逃してやるんですから、本音では恨まれようが嫌われようが大過《たいか》ありません」

木佐貫の口ぶりからすると、今回の件の調査には、それなりの経費がかかったようだ。自分の事務所にそんな金があったことさえ、直人は把握していなかった。

「もしも政界の浄化ということを優先的に考えるなら、この件も灰原先生に対する持ち札としてキープしておくのでなく、さっさと告発するべきなのかもしれません。しかし、これが永田町の実情です」

なにしろ国の権力の中枢ですから、この程度の裏の駆け引きは日常茶飯時《さはんじ》です」

エレベーターを使わず人気のない階段で九階へと戻りながら、木佐貫が続ける。

「こんなやりかたは、フェアではないと思われますか？　本当は、貴方にはお伝えしないで私が内々に処理してもいい案件だったのですが――」

「ううん、そんなこと」

直人はちいさく瞬きしながら首を振った。

「けどさ。選挙中とか、いままでにも、オレの知らないところでいろんな駆け引きがあったってことだよね？」

「まあ、それは……。そちらについては基本的に私の職分ですから」

微妙に言葉を濁《にご》したところをみると、木佐貫は実際、直人には知らせていない裏工作的な仕事にしばしば手を汚しているということなのか。

「オレ、やだよ。この先なんかあったときに、『その件については秘書の一存で、ぼくはなにも知りませんので』とか釈明させられるの」

肩をすくめ、直人はちょっと笑って言い返す。

責任――と、このあいだの夜、木佐貫は睦言《むつごと》なかばに口にした。それは、いまはまだあり得ない形の未来を夢に見てささやいたことだったのかもしれない。だけどたぶん、現実に、直人に対して彼がもっとも感じている責任は、直人を政治の世界に引っ張り込んだことなのだろう。

木佐貫は、だから毎日、代議士としての直人を支えるために奔走する。直人に至らないところがあれば口うるさく叱責し、必要な学習を課し、一方で政治活動に不可避《ふかひ》なトラブル処理や汚れ仕事はすべてその手で引き受けようとする。

おかげで直人はこのまだまだ不可解、かつ未知の世界でどうにかこうにか歩み出している。そしておぼろげながら、与えられた議席をどう生かせばいいのか、ときに思いをめぐらせるところまで来た気がする。

だけど――。

「ねえ、木佐貫さん」

「――なんですか？」

ふたりはちょうど、九階へと至る手前の踊り場に差しかかっていた。直人がそこで足を止め、木佐貫も、一歩先でそれに倣って振り返る。

「オレね、いま、ちょっと欲が出てきたんだ。今期限りじゃ、たぶん間に合わない。だからつぎの選挙も当選めざすし、この任期中にそれだけの実績積みたいと思ってるんだけど、木佐貫さんもつき合ってくれる？」

「どうなさったんですか、急に」

「オレ、考えたんだ。いつか、国会でパートナー法案を通すから。ベースが保守のうちの党じゃ最初はハナもひっかけられない法案かもしれないけど、好きな人がいて、一緒にいたいって思って。それが公に認められないって、おかしいじゃない」

いきなり切り出した直人の言葉に、木佐貫も、すこしばかり虚《きょ》を衝かれたようだ。澄んだレンズの下で、怜悧《れいり》な双眸が瞠られる。

「――いいんですか、いきなりそんな。そうした法案を推進なさるのは、けっこうな茨道《いばらみち》だと思いますよ？」

「やだな、木佐貫さん。いまさらなに言ってるの？　それめざさせるつもりで、世界の同性婚の潮流とか、そういう話をオレに教えたんでしょう？」

「いや…それは、たしかに。ですが……」

「木佐貫さん、前に言ったじゃない。なにか不公平だったり理不尽だったりする状況があったとして、社会に対してただ憤ることしかできない一般市民と立場がちがう、って。オレには、それをただすための大きな武器がある、って」

いつか木佐貫からされたように、今日の直人はサマースーツの襟に留まった議員バッジを自分の指で指し示した。

「これはさ、自分の人生にもじかに関わる問題だもん。それまでは、ぜったい失脚なんてできないから。とても一期で通せるような法案じゃないだろうし、つぎの選挙になっても落選はしない。けどひとりで叶えられる目標じゃないから、木佐貫さん、しっかりオレを支えててよ。だからひとりでぜんぶ引き受けようとしないで、ちゃんとオレにも教えてよ。で、さ——」

言いたいことを伝える前に、いったん、言葉を切る。そうしてじっと木佐貫を見つめた。

「いつか法案が通ったら、オレにプロポーズ、してくれるんだよね？」

たぶん、かなり場ちがいな直人の問いかけに、木佐貫はまた一瞬、言葉を返せなくなったようだ。

「——貴方は、私といることでしあわせになれるんですか？　こんなに口うるさく、辛気《しんき》臭くて、貴方を束縛する男なのに」

「なんだよ。よくわかってるじゃない、自分のこと」

くすっ、と、こんどは直人が苦笑を洩らす番だった。

「オレはね、木佐貫さんといたいんだ。一緒にいられなかったら不幸だよ」

応えて、木佐貫の腕をつかんだ。顎を持ち上げ、首を伸ばすようにして目の前の唇にキスをする。

こんな場所で、オレもけっこう大胆だよな、と思わないわけじゃない。が、もしだれかに目撃されてしまったとしても、目にゴミが入って取ってもらっていた、とでも言いわけすれば済む話だろう。

踊り場の壁に刳《く》られた窓から望める永田町はいい天気だ。

通りに沿って整然と並ぶ街路樹の緑が光っている。

歩道を行くのは、国会見学に訪れたらしい子供たちと引率《いんそつ》の保護者たち。拡声器を手に国家賠償を訴える運動家。そしてその合間を黙々と歩む、ダークスーツに身を包んだこの町の住人たち。

遠目には、ちょっと木佐貫と似て見える男がいる。もしかすると、直人自身に似た奴もいるかもしれない。でもみんな、それぞれの思いがあって、望むしあわせの形があって。

みんな、しあわせになれるといいな——と、直人は思う。満ち足りた人生をまっとうできるといいな、と。

そのために、この議員バッジを生かして働けたらいい。タナボタめいた、不測の成り行きで就いてしまった仕事だけれど、いま、自分にできるだけのことはしたかった。

そんなふうに思えるのは、案外、いまの自分がしあわせだからかもしれない。そう思わせて、支えてくれる相手がいるからかもしれない。

議員になって、三か月半。まだまだ未熟で、相変わらずバカで、甘ちゃんで。それでもこの男がついていてくれるなら、がんばれる。

たぶん、きっと——ううん、かならず。

オーダーメイドの約束

昼食を挟んだ委員会の会議が終わって議員会館の事務所に戻るなり、直人《なおと》はまず事務室のほうに顔を出した。

「ただいまっ。ね、このあとの予定は？」

デスクの前に姿があった木佐貫《きさぬき》に尋ねながら、自分でも壁面のホワイトボードに目を走らせる。ボード上の直人のスケジュール欄、午後の最初の時間帯には、「テーラー川本《かわもと》来訪」と記されていた。

「――へ。なに、これ。陳情《ちんじょう》？」

心当たりのないアポイントに小首をかしげていると、なにかパソコンに向かって作業中だった木佐貫がその手を止めて応じる。

「健人《けんと》先生とおつき合いのあった、出入りの仕立て屋ですよ。今日は直人先生の採寸に呼んでいます」

「採、寸？」

直人はきょとん、と目を丸くした。

「ええ。秋口に向けて、そろそろ礼服関係を揃えておきませんと。本当はもうすこし早く済ませておきたかったんですが、ここまでなかなか時間が取れませんでしたからね」

「礼服って、オレ、持ってるよ。父さんの葬式のときに着てたやつ。あれじゃダメなの？」

「ブラックスーツは、とりあえずあちらでけっこうです。そうではなくて、まずは園遊会《えんゆうかい》のためにモーニングの用意が必要ですから」

「わあっ、すごい！」

木佐貫の説明に直人が応《こた》えるより早く、黄色い声を挟《はさ》んだのは林莉子《はやしりこ》だ。

「園遊会って、両陛下や皇室の方々もお出ましになる、あの園遊会ですよね？　直人先生もご招待されるんですか？　それって、超ＶＩＰみたい！」

「待ってよ、莉子ちゃん。ＶＩＰみたいって、オレ、これでも正真正銘の衆議院議員なんだからね」

私設とはいえ議員秘書の立場で彼女が洩《も》らしたあまりに素朴な感想に、直人も突っ込みを入れずにはいられない。が、言われるまでそんな行事が待っていることを忘れていたのは、直人自身も同じくだ。

春と秋との年に二度、今上天皇《きんじょう》の主催で赤坂御苑《あかさかぎょえん》を会場に行われる、園遊会。おそらく莉子の念頭にあったように、よくニュースで取り上げられるのは、芸能界やスポーツ界の功績者、著名人などの招待者かもしれない。が、通例、衆・参両院の議員たちも招かれることになっている。この秋には直人も招待を受けることになるだろう。

「そっか。そうですよね、失礼しました」

テヘ、と、莉子はピンクのネイルを施《ほどこ》した指先で額を掻《か》くしぐさを見せた。

「けど、いいな～、直人先生。園遊会って、たしか夫人同伴でのご招待ですよね？　ちょっと急に、うちのパパのプッシュどおりに直人先生のお嫁さんめざしちゃおっか、とか思いました」

莉子のその、いかにも浮《うわ》ついた発言に、ギッ、と木佐貫から剣呑《けんのん》な視線が飛ぶ。

「その程度のミーハーな心構えでは、代議士の妻の役目は務まりませんよ。はっきり言わせていただくなら、林さんでは無理です。なにせうちの場合、先生がこの調子ですからね。どなたか来ていただくとしても、逆に手綱《たづな》を締めてくださるような方でないと」

「うん……オレもやめといたほうがいいと思うな。園遊会には出られても、オレの奥さんなんて、あんましあわせな立場じゃないよ。なにしろ速攻、特別に厳しいお目つけ役がついちゃう生活だし」

肩をすくめて直人も返し、莉子に対して目配せするように木佐貫を示した。

口に出して教えるわけにはいかないが、よしんば直人のもとに嫁いできたとしたら、その厳しいお目つけ役が、夫の愛人の座にも居座っているのだ。ましてや木佐貫に対して微妙に気があったらしい彼女が耐えられる状況ではないだろう。

「けどモーニングって、裾の長いジャケットに縞々《しましま》のズボン穿《は》く、閣僚《かくりょう》の就任式のときのアレだよね？　園遊会って、そんな格好するんだっけ？　ふつうのスーツじゃダメなの？」

「招待状で指定されるドレスコードは、モーニングか紋付き袴《はかま》、背広も可、となっているはずです。可とされているので、もちろんふつうのスーツでもかまいませんが、ここはやはり、宮内庁《くないちょう》の本来の意向に合わせてモーニングをお召しになるほうがいいだろうと。園遊会にお出かけのときは、健人先生もそうしていらしたでしょう？」

「ほんと？　オレ、父さんのモーニング姿なんて見たことないや」

衆議院議員として五期を務めた父の健人には、園遊会に招かれる機会も何度もあっただろう。が、多忙な父が世田谷《せたがや》の自宅に戻っていることは稀《まれ》だったから、直人が父のそんな姿を目にする機会は結局、なかった。

園遊会と言われて思い出せるのは、だから父ではなくて、その当日の母親のようすのほうだ。今日はパパのお仕事で、ママも一緒に園遊会にお邪魔するのよ。そう言いながら、パールやコサージュで飾った華やかなスーツ姿で、どこか浮き浮きと迎えの車に乗り込んでいったのを覚えている。そんな折、直人はベビーシッターつきで留守番させられたものだったが、あとで母が持ち帰った、菊の花の焼き印が入った土産《みやげ》の和菓子を食べた記憶もある。

……いや。もしも父が存命で、先だっての選挙に彼自身が出馬《しゅつば》し当選していたとしたら、民友党の政調会長の座にあった彼には閣僚のポストが転がり込んでいたはずだ。としたら直人も、新聞に掲載される就任式の写真で父のモーニング姿を目にするぐらいはできただろうに。

「——あ。テーラー川本さんですね」

来客を告げるチャイムが鳴って、莉子がいそいそと応対に立ち上がった。

目顔《めがお》で木佐貫にうながされ、直人もさっそく、となりの応接室へと移動した。

「テーラー川本でございます」

応接室のドア口でそう名乗ったのは、髪の毛の筋がもう真っ白になったバーコード頭をいただく、ちんまりとした恵比須顔《えびすがお》のおじさんだった。それでも服飾を扱う仕事柄なのか、着ているものはずいぶんと洒落《しゃれ》ている。

永田町《ながたちょう》界隈《かいわい》がもう味もそっけもないクールビズに切り替わったこの時期に、麻素材らしい緑のジャケットに黄色いニットネクタイ、ボトムスは晒《さら》しのチノパンツ。

そして、その小柄さながらひとりで運んできたらしい、キャスターつきの大きな姿見と、やはり大型のスーツケースを室内に引っ張り込む。

「いや、これは――」

荷物をその場に落ち着かせ、改めて対面するなり、川本は直人の頭のてっぺんからつま先までをサーチし両目を細めた。

「秘書の木佐貫さんからのご連絡で、先生はかなり細身でいらっしゃるとうかがっておりましたが、本当ですね。私どもの店でもいちばんタイトな見本をお持ちして正解でした」

議員会館に出入りしている業者だけあって、代議士たちのスケジュールの過密ぶりは先刻《せんこく》承知なのだろう。挨拶《あいさつ》がてらの言葉を並べながら、さっそく、運んできたスーツケースを開いてさまざまな型のスーツを取り出していく。店舗《てんぽ》のようにハンガーラックがあるわけではないから、スーツはそれぞれれ会議チェアの背にかけられていく。

「本日は、まず園遊会のご用意でモーニングを、とのことでしたね。直人先生は、これまでそうした正装をお召しになられたことがおありでしょうか？」

　これが初対面であるにもかかわらず、川木が名前で直人に呼びかけてきたのは、彼がもともと父の健人の知己だったせいだろう。故人となった健人の息子だという気持ちもあるのか、直人に向けられるそのまなざしにも、なにか懐かしげな温かみが感じられる。

「いえ、ありません。たぶん、七五三の時に子ども用のタキシードを着せられたとき以来じゃないかと」

「でしたら、テールのお丈感《たけ》などは私のほうからオーソドックスなラインをご提案させていただきましょうね。すこしご説明いたしますと、殿方の日中の正装となるモーニングコートは、そこにございます見本のようにうしろ側の裾が長い黒のモーニングジャケットに、ジャケットと共布《ともぬの》、もしくはグレーかアイボリーのベストを合わせます。代議士の先生の場合、先々モーニングをお召しになる機会も繰り返しおありですから、ベストはお好みで二種類ご用意なさってもよろしいかもしれません」

「あ……はい。ワイシャツとかネクタイとかも、それ用のが必要なんだよね？」

　とにかく川本に応じながら、後半は同席していた木佐貫に問いかけた。

「そうですね。それから今日はせっかくなので、フォーマル以外にスリーピースのスーツも注文なさっておくといいでしょう」

「え、スリーピース？　それって必要なの？　なんかオヤジ臭くなりそうで、オレはちょっと……」

「新米ですが、貴方もいちおう、永田町のオヤジさんのおひとりじゃありませんか」

及び腰に直人が語尾を濁《にご》したのに木佐貫が切り返し、川本もにこにこと口を挟んでくる。

「スーツと申しますのは、本来、ジャケット、ベスト、トラウザーズの三点が揃っているものが正式なのですよ。おズボンも、ベルトで留めるのではなくサスペンダーで吊りまして、それをベストの下に仕舞っておく格好にするわけです。正統な、クラシカルなスタイルだとお考えいただけば、場によっては活用なされるのではございませんか？」

「じつは私もひと揃い、川本さんにお仕立ていただいたスリーピースを持っています。健人先生の秘書に就《つ》いた最初の年に、先生が、「ボーナス代わりだから」と言ってお作りくださったもので」

「へ、父さんが？」

初めて耳にするそんな話に、一瞬、ちいさく目を瞠《みは》る。

直人自身は、父親が贔屓《ひいき》にしていた同じテーラーでスーツをオーダーしてもらうような機会は、結局、なかった。たぶん、テレビマンとしての道を歩んでいた息子には必要のない服装だ、とでも考えていたのだろう。

一方で、父さんはやっぱり本当に木佐貫さんを政治の世界で育てようとしてたんだろうな――と、また思う。

「そりゃ、木佐貫さんみたいないいガタイの人なら映《は》えるかもしれないけど、オレには似合わないって。スリーピースだけじゃなく、そのモーニングだってかなり無理がある気がするけどさ」

「そんなご心配はございません。先生はかなり細身でいらっしゃいますが、大丈夫、そうした体型の方こそ映えるお品をお作りいたしますから。私ども洋服屋としましては、やはり、ごようすの恵まれた方のお召しものはお作りのし甲斐《がい》がございます。木佐貫さんや、それに健人先生のお召しものをご注文いただいたときと同様に、このたびもまた張り切らせていただきますよ」

なかばは追従《ついしょう》混じりもあるのだろうが、川本はまたにこにことして言って、そこで鞄《かばん》からメジャーを取り出した。

「いずれにしましても、細かい採寸をさせていただいておけば、ご注文は順を追ってお受けできますので。では、お召しものをお外しいただいてよろしいでしょうか？」

うながされ、さっそく採寸かと合点《がてん》がいった。今日の直人は長袖のワイシャツにスラックスだけというなりだったから、肌着になるのは簡単だ。

が、ワイシャツのボタンを外し始めて気がついた。木佐貫が、壁際に立って腕組みしながらこちらのようすを見守るかまえだ。

「木佐貫さん。ここはもう大丈夫だから、向こうに行っててよ」

旧知の川本への挨拶まではともかくとして、洋服の採寸ぐらい、べつに秘書がいてくれなくても済ませられる。退室をうながした直人に対して、しかし、木佐貫は平然と首を横に振る。

「いえ。今日はちょうど時間も空いていますので、私も立ち会わせていただきます」

いやつまり、直人としては、なんだかちょっと気恥ずかしかったのだ。

木佐貫の前で服を脱ぐ機会なら、それはいままで何度もあった。いまさら、彼の前で半裸を晒すのが恥ずかしい――などとカマトトぶったことを言うつもりはない。

が、ここはふたりきりの宿舎の寝室ではなく、議員会館事務所の応接室なのだ。第三者である川本もいる。そんな状況下、他人ではない男に脱衣のさまを見守られているのだから、落ち着かないのも当然だろう。

悪びれもせずこちらをじっと見ている木佐貫は、いったい、なにを考えているのか？

ウイークデイの真っ昼間、公務中の彼がそうよこしまな考えに淫《いん》することはないと思う。思うが、しかし、無表情に据《す》わった視線は直人の一挙手一投足に執拗《しつよう》に絡みついてくるようで――。

視姦《しかん》――などという、議員の立場にあってはまさか口走るわけにもいかないエロ用語が頭をよぎった。とたん、どこかにじわっと熱が凝《しこ》ってきそうになる。

やましい妄想《もうそう》を振り払うように、直人はいっそ急いで服を脱ぎ去ってしまうことにした。と、肌着になった直人の前に、メジャーを手にした川本がやってくる。

　身体の上から順にメジャーがまわされ、採寸が始まった。

「肩幅が三十九センチ、手首までのお袖丈が八十六センチ――と」

　メジャーに示された数字が読み上げられ、ひとつひとつ、メモが取られていく。

「胸囲が八十三センチ。胴囲が七十センチ。お腰まわりは――おや？」

　ちょうど、直人のトランクスの上から腰骨の周囲にメジャーをまわした川本が、眉を寄せて手を止めた。視線がとどまっているのは、ちょっと盛り上がってしまったトランクスの前立ての部分。

「あ……す、すみません。これは、べつに――」

　べつにもクソも、いくら控えめサイズとはいえさすがに露骨な物理的変化を視認されてしまったのだ。言いわけのしようもなく真っ赤になった直人に対して、川本は、だがその恵比須顔をますます福々《ふくぶく》しくほころばせる。

「先生は、やはりお若いですね。人の体温を感じただけで元気におなりになるとは。いえいえ、大丈夫、お気になさることはありませんよ。こんなおじいちゃんの手で元気におなりいただけたのは、むしろ光栄ですよ」

　採寸中だったその状況から、川本は、自分の手の感触が直人の生理現象を誘ったのかと勘ちがいしたようだ。そうではなくて、まるで木佐貫の視線に犯されているような気分に駆られていたのだとは、しかし、まかりまちがっても説明できるわけがない。

「ですが、木佐貫さん――」

と、川本の顔がそちらに振り向けられる。

「もしかして、直人先生の生活を締めつけ過ぎではありませんか？　先生もお若いし、まだ独身でいらっしゃるのですよね？　たまには息抜きもさせて差し上げないと、少々お気の毒です」

「とんでもない。仮に少々不自由なさっていたとしても、直人先生にはしばらく自重していただかないと。例の婚約不履行《ふりこう》騒動は、川本さんもお聞き及びでしょう？　これ以上、妙なスキャンダルが持ち上がっては困ります」

旧知の間柄にはちがいなかったが、ふたりの交わすやり取りは、出入りの業者と政策秘書とのそれにしては、妙に踏み込んだものではなかったか？

こいつら、なんなんだ？　そう思いながらも、直人はとにかく情けない半勃《はんだ》ちを収めようと、ひたすら意識を集中させるほかない。

「――まったく、貴方の無節操《むせっそう》ぶりには本当に呆《あき》れますよ。あんなご老人の手で、ああもあっさり劣情を催されるわけですか？」

言葉どおり、心底呆れた調子で木佐貫からそんな難詰《なんきつ》を浴びせられたのは、やはり晩、宿舎に戻ってリビングでふたりきりになってからのことだった。

「ち、ちがうって。んなわけないじゃん！」

直人にとってはかなり心外な誤解を、木佐貫はこの日中、ずっと抱えていたのか。そう思うと、とたんにうわすべった反駁《はんばく》が口を突く。

「だいたい、オレいま、そこまでせっぱつまった状況でもないから。木佐貫さんはよく知ってるくせに」

「でしたら、どうしてあんな醜態《しゅうたい》を晒されたんですか。そうとは存じ上げませんでしたが、貴方はつまり、服を脱ぐだけでエレクトする体質でしたか？　そうとは存じ上げませんでしたが」

こってりと嫌味を含ませた露骨《ろこつ》な言葉で当てこすられて、直人は早くも泣きたくなる。が、木佐貫の難詰は多分に執拗、かつ感情的だ。

最近、直人もようやく気づいたのだが、この男はつまり、かなり、はなはだ嫉妬深い性質なのだ。

直人がだれかほかの相手とすこしでも親密なようすを見せようものなら、内心ではあっさりキレている。過去の写メを一枚目にしただけでも逆上する。ましてや直人がその眼前でフィジカルな反応を示したとなれば、相手が老人だろうがだれだろうが関係ない。

「ちがう、ちがうって！　あれはだから、木佐貫さんのせいじゃないか。オレのこと、木佐貫さんが変な目で見てたから――」

「変な目？　それは、どういう意味ですか？」

いかにも胡乱《うろん》なまなざしを返されて、直人はシュン、と肩を縮こまらせる。

「だから……オレが服脱ぐとこ、必要もないのに見張ってたじゃない。けど、オレが木佐貫さんの前で服脱ぐのって、いつもはつまり、アレでしょ、そういうときじゃない？　だから、つまり……」

どんな言葉を選んで説明すればいいのかわからなくて、アレだのソレだのと不明瞭《ふめいりょう》、かつ聞きようによっては伏せ文字的な代名詞だらけになってしまう。消え入りたい心地の直人のメンタルを汲《く》んでか否《いな》か、木佐貫も数瞬、返答を途切れさせた。

「……つまり貴方は、採寸のために貴方が服をお脱ぎになるのを私が淫《みだ》らがましい目で見ているとお思いになって、それでああいう恥ずかしい状態になられた――と？」

「そうだよ。それ以外にあるわけないじゃん！」

ほぼ逆ギレして直人は憤然《ふんぜん》と言い返した。

「けどああいうのって、セクハラだよね？　ほかのひとがいるところで、ひどいよ。ひとが服脱ぐとこ、あんなふうにじっと見てたりして」

「だから――待ってください」

木佐貫は、頭痛をこらえるように指先でこめかみを押さえて首を振る。

「あのね、直人さん。わたしが今日の採寸を見届けていたのは、つまり、貴方が川本さんから妙ないたずらを仕掛けられはすまいかと心配したからですよ。それが、裏目に出たとはね」

「……へ？」

木佐貫のその釈明が腑《ふ》に落ちず、眉のつけ根に皺《しわ》が寄る。あの小柄で温厚そのもののようなテーラーが、いったい、直人にどんないたずらを仕掛けてくるというのか？

「お気づきになりませんでしたか？　川本さんは、年季の入ったゲイですよ。服飾関係者にはそうした人種が多いそうですが　とにかく川本さんの男性好きに関しては、永田町界隈でも有名な話です。彼自身、今日も話のはしばしにモロ出しだったと存じますが」

「知らない、知らないっ。そんなこと、あのひと見てて思うはずもないじゃない！」

「まったく、相変わらず鈍くていらっしゃる。だから私が監視していなければ危ないんでしょう。貴方のような無防備な方と彼をふたりきりにはしておけない、と思って同席していたのに、逆にそれが川本さんを喜ばせる結果を招くとは――」

深々と溜め息を洩《も》らす木佐貫の前で、こんどこそ、直人は本気で涙目だった。

事実としてあの川本がゲイなのだとしたら、彼の目の前で股間を膨《ふく》らませてしまった自分はたしかにどれだけマヌケなのか？　それは喜ばれたり、誤解されたり、あとで妙な妄想の餌食《えじき》にされたりしてもいたしかたない。

が、しかし、彼と木佐貫とが妙に慣れ合っているようだったのも、それで理解が及んだ。ゲイ同士おたがい、暗黙のうちにも相通じるところがあるのだろう。

ソファの隅で膝を抱えた直人のかたわらで、木佐貫が、ふいに大きく足を組み替えた。

「——ですが、わかりました。貴方とちがって、私は公務中に淫《みだ》らなことを考えたりはしませんが、いまでしたら話はべつです。お望みとあらば、貴方の妄想どおりの視姦プレイにおつき合いしますよ？　さあ、そこでお脱ぎになるといい」

背もたれに深くもたれかかった不遜《ふそん》な態度で命じられ、直人はまたしても虚を衝《つ》かれる。持ち出されたのが視姦という、あのとき自分のなかによぎっていた同じ単語だったこともあって、妙に見透かされた気分でカアッと顔が赤らんだ。

「やだ、やだっ！　だれもそんなリクエストしてないから」

「嘘をおつきなさい。私に見られているだけで、貴方はまたどうしようもない状態に陥《おちい》ってしまうんでしょう？」

唇に薄ら笑いを刷《は》いてうそぶく彼に、直人はついにソファの背もたれのうしろに逃げ込んだ。

「へ、変態！　堅物《かたぶつ》ヅラして、木佐貫さんって、やっぱり変態だよ」

「おや、いまさらなにをおっしゃってるんですか？　私はもともと、ノンケのあなたを管理業務だなんだと言いくるめて、いいようにたぶらかした男ですよ。そんな人間が、いろいろな意味でノーマルだとでも？」

返答のしようもない開き直ったその発言に、そうか、そうだったのか——と合点がいく。

自分はつまり、海千山千のゲイ男にいいようにたぶらかされて、いつのまにか、頭のなかで考えることまで染められて……。

「も……オレ、やだよ。モーニングだのスリーピースだの、そんなのだって木佐貫さんが作ればよかったんだ。オレ、どうせ似合わないし。川本さんのことだって、どうせならお仲間の木佐貫さんが喜ばせてればいいんだよ」

フローリングの床に肩を丸めた体育座りのすねた態度でぶすくれながら、しかし、直人の内心には、またちょっと妄想めいた像がよぎっていた。

そう。モーニングにしろなんにしろ、長身で胸板に厚みのある彼にだったら、きっと似合う。たとえばそんな正装で決めているところを、いつかいちど見てみたい。

「スリーピースはともかく、モーニングほどの正装は、いまの私の立場には必要のないものです。だいたい貴方だって、見本をお召しになったところもおっしゃるほど不似合ではありませんでしたよ。たしかにもうすこし恰幅《かっぷく》がよくなられたほうが似合う衣裳かもしれませんが、直人さんのいまの体型は私の好みですからお太りいただかなくてけっこうです」

悪趣味な視姦プレイはさすがに諦《あきら》めたらしく、木佐貫もソファから立ってきて、床の直人に手を差し伸べる。

「ですが、いつかタキシードを一着作る機会はあればいいですね」

そんなことを言い出され、直人は彼の手を取りながらきょとんと瞬《まばた》きした。

「――タキシード？」

「ええ。例の法案が通ったら、貴方と揃いで」

「オレと、お揃い？」

「そう。だからそれは、結婚式のために、ね」

木佐貫はいわくありげに眉を上げ、またうっすらと笑ってみせる。

法案が通るまではお預けという約束のプロポーズの、たぶん、それはほんの欠片《かけら》の前渡し。

あとがき

実年齢がバレそうであまり語りたい話でもないのですが、こちらの本は、二十年ほど前に出たデビュー本以来のノベルス判型です。そして、リンクスロマンスさんでははじめての作品にもなります。

気はやさしいけど頭の出来に若干難アリの二世議員と、彼を愛して支える賢い（はずの）政策秘書。そんなふたりを主人公にしたこのコメディは、雑誌に掲載されたコラム記事がもとになって生まれたものでした。

コラムのテーマはＢＬグルメ。その回に取り上げたのは永田町にある国立国会図書館の食堂メニュー。そうしてそこにお描きいただいた、与党議員と野党議員がかわいい受君をはさんで火花を散らすという構図の、国会丼を擬人化した香咲《こうさき》先生のカットがなんとも素敵で。で、担当編集者のＫさまと「政界モノ、いいですよね！」と盛り上がったあげく、つぎの雑誌掲載作はそれでいきましょう、と相談がまとまった次第。

コラム記事、雑誌掲載、今回のノベルスと、足かけ三年、ここまで同じチームで大変お世話になりました。どうも本文原稿だけはいつも青息吐息の進行でご迷惑をおかけしましたが、途中で送られてくる目がハートになっちゃうようなイラストラフや、的確、かつきめ細やかな改稿のご指示に支えられて、なんとか一冊、完成にこぎつけられそうです。

ちなみに作中、議員の直人くんが政策課題の資料として読んでいる本は実在します。岩波新書から出されている、『子どもの貧困――日本の不公平を考える』（著／阿部彩）という一冊です。不平等な駆けっこのたとえがとても印象深くて、作中でもちょっとだけ触れさせていただきました。

さて、あとはこれからこの本をお手に取ってくださる読者さまに、すこしでもお楽しみいただければなあ、と願うばかり。よろしければ、ご感想などお聞かせねがえればさいわいです。

深沢梨絵《ふかざわりえ》

初出

センセイと秘書。	2012年 小説リンクス4月号掲載作品を加筆修正
秘書とセンセイ。	書き下ろし
オーダーメイドの約束	書き下ろし

この本を読んでの
ご意見・ご感想を
お寄せ下さい。

〒151-0051
東京都渋谷区千駄ヶ谷4-9-7
(株)幻冬舎コミックス　リンクス編集部
「深沢梨絵《ふかざわりえ》先生」係／「香咲《こうさき》先生」係

LYNX ROMANCE
リンクス ロマンス

センセイと秘書。

2013年5月31日　第1刷発行

著者…………深沢梨絵《ふかざわりえ》
発行人…………伊藤嘉彦
発行元…………株式会社　幻冬舎コミックス
〒151-0051　東京都渋谷区千駄ヶ谷4-9-7
TEL 03-5411-6431（編集）
発売元…………株式会社　幻冬舎
〒151-0051　東京都渋谷区千駄ヶ谷4-9-7
TEL 03-5411-6222（営業）
振替00120-8-767643
印刷・製本所…共同印刷株式会社
検印廃止

ISBN978-4-344-82841-4 C0293
Printed in Japan

幻冬舎コミックスホームページ　http://www.gentosha-comics.net